転生した悪役令嬢は王子達から毎日求愛されてます！

プロローグ　断罪されて反省しています！

「ミレイナ。俺はお前との婚約を破棄する。俺の前に二度と現れるな！」

豪華絢爛《けんらん》な王宮の舞踏会。

今日は婚約者……私の婚約者である第二王子イリアスの誕生祭が盛大に開かれていた。

周辺諸国との争いはなく、近年稀にみる平和なこのストロサンド王国で多くの貴族達がイリアス王子の誕生日を祝うため、王都にあるベリー城内の舞踏室に集まっている。

私もまた婚約者であるイリアス王子を祝うため、とびきり着飾ってやってきた。

私の名前はミレイナ・ルーティアス、この国の領地を統治するルーティアス公爵の長女だ。

真っ白な肌に、眩《まばゆ》く輝くプラチナブロンドの髪は侍女が毎日せっせと手入れをするため、肩から下の毛先まできっちりと巻き上がっている。

ぱっちりとした二重《ふたえ》まぶたの目は少し吊りぎみで、筋の通った鼻に少しだけ薄い唇は元々の性格も相まって内面の傲慢さを隠しきれていない。

自分で言うのもおかしいが、遠くから鑑賞すればとびきり美人だ。しかし親しい者にすぐに癇癪《かんしゃく》を起こすわがままな性格のため、誰も近くに寄ろうとはしなかった。

そんな私の父は領地を統治するほか、この国の宰相補佐を務めており、年が近いイリアス王子との婚約は生まれてすぐに決まった。

幼い頃から蝶よ花よと育てられた私は、この世界は自分中心に回っていると勘違いし、常にわがままと贅を尽くしてきた。

お父様がせっせと稼いだお金を湯水のように浪費し、ドレスや宝石へ形を変えさせた。

イリアスに初めて会って一目惚れしてから、私の行為はさらにヒートアップ。

彼に近寄る令嬢全員を威嚇《いかく》していじめ倒し、誰も手がつけられない。

イリアスは私に辟易《へきえき》してはいたが、国王が決めた自分の婚約者だからとなんとか耐えていたようだ。

しかし、ついに堪忍袋の緒が切れたのか彼は皆の眼前であることを忘れ、私に婚約破棄を言い渡したのだ。

先ほどまで騒がしかった会場が嘘のように静まり返り、誰かがゴクリと唾を呑む音が聞こえる。

私は目の前に立つイリアスを凝視する。

あれ？　私この場面、知っているわ。

「聞こえているのか⁉　ミレイナ！」

いつまでも返事をしない私に業を煮やしたのか、イリアスは再度詰め寄った。

彼のそばには小柄な女が震えながら両手で顔を覆っている。

後ろに控える彼の側近達はいまいましそうに私を睨《にら》みつけた。

イリアスの右横には近衛騎士団団長の子息であるレックス・ブラウンが立っていた。

彼の短い髪は燃えるように赤く、瞳もまた紅に輝く。その目は射殺さんばかりに私を睨《にら》んでいる。

その右隣には宰相を父に持つアーノルド・スコッティが腕組みをして澄ましていた。

彼の父に劣らずの鬼才で、すでにこの国のほとんどの政務を彼がこなしていると聞く。

海を思わせるブルーの髪は肩より少し上くらいに切り揃えられ、理知的な瞳が鋭く光る。

冷たく深い海のようなその目からは感情を読み取れない。

私は次にイリアスの左側を見やる。

自分とは血の繋がっていない義兄《あに》、アーレイ・ルーティアスが控えていた。幼い頃、父によって孤児院から連れられてきた彼は才覚を発揮し、次期公爵として有望視されている。

その顔立ちは妖精と見紛うほどに綺麗だ。天然の巻き髪は肩より少し長く、リボンで緩く結わえられている。いつも温和に細められているアメジストの瞳は、今は嫌悪を顕《あら》わに私をじっと見据えていた。

そして一際強く睨《にら》みつけているのはイリアス・ストロサンド、この国の第二王子だ。私と同じプラチナブロンドの髪は神々しい輝きを放っている。端整な顔立ちと長身痩《そう》躯《く》の持ち主で、彼の金の瞳はここにいる誰よりも私に対して怒りを表していた。

私はイリアスに連れ添う女にも目を向ける。

その女はここ数日、イリアスの周りをずっとうろついていたので頻繁にいじめていた。名前を覚えていないけれど、綺麗なストロベリーブロンドの髪が妬ましく、今夜のパーティではその髪にワインをぶちまけてやった。そのため、彼女の髪からいまだポタポタと赤い滴がドレスにこぼれ落ちている。

自分がしたことなのに、なぜか遠くで他人を見ているような気分だ。

イリアスに断罪されている最中になぜか目が霞み始めた。

いや霞むというよりダブって見えてくる……？

あれ？　この場面は……？

何か言わないと、と思っても思考が散乱する。

今日は婚約者《イリアス》の誕生祭なのに本人からエスコートされず、やけになって大量に飲んだワインが今になって回ってきたのか。

焦点が合わないまま、ぼんやりと目の前に立つ五人を見る。

その時、頭の中で声がした。

「乙女ゲームの悪役の中でもなかなかに傲慢で高飛車な女ね、このミレイナ！　ほんと、どれだけ悪役なわけ！　犯罪紛いなことまではしてないから、今までイリアスは黙ってきたけど……チリも積もればばってやつね。これは断罪されて当然よ」

汚らわしい格好をした女が何やら鏡のようなものを見てぶつぶつと言っている。

あれ？　鏡の中になぜか殿下達が見えるわ。

その女がカチカチと何かを押すと鏡に映っているものが変わる。

「ミレイナ。義父様には拾ってくれた御恩があるから目を瞑《つぶ》ってきたけれど、流石《さすが》にやりすぎだ。死罪を免れただけでもよしとするんだよ」

鏡の中の義兄《あに》、アーレイが喋り出す。

そう。鏡に映っているのを見ていたはずなのに、なぜか目の前のアーレイが話している。

目の前？　鏡の向こう？　鏡じゃなくて画面？　画面？？　――乙女ゲーム？

「ゲーム!?」

大声で叫んだことにハッとして慌てて口元を押さえる。

急に頭の中が覚醒する。

今霞んで見えたのは目の前のイリアス達ではなく、【画面越しに見た断罪シーン】だ。

自分がプレイした乙女ゲームの悪役令嬢になっているなんて……!?

両手を口元から外して握ったり開いたりする。これは自分の意思で動く。

それから自分の顔を触る。少し視線を下げればドリルのような巻き髪が見えた。

もう一度正面を向くと、プレイ画面で見たイリアス達が訝《いぶか》しみながら私（＝ミレイナ）を見ていた。

イリアスを見ながら、私は少し震える指で自分の頬を強く抓《つね》った。

「……いひゃい」

抓《つね》った頬がジリジリ痛くなる。

イリアスは私の行動に自分が馬鹿にされたと勘違いしたのか、ついに完全にキレた。

「ミレイナ！　お前は今日から娼館行きだ!!」

今まで以上の大声にびくりと肩が震え、慌ててイリアスに頭を下げながら言った。

「わ、わかりました。私は二度とあなた様の前に現れないと誓いましょう」


やってしまった！　やってしまったのだ！

私は、ミレイナは、乙女ゲームのシナリオ通りに意地悪し倒して断罪されたのだ！

いや、これは前世の記憶よ！　どうして今なの！　もっと前、意地悪する前に戻りなさいよ!!

今思い出しても、もう遅いわ！

ミレイナ・ルーティアス、今この時から猛烈に反省し、これからの人生、懸命に生きます!!

第一章　これからは反省して生を全うします。

「ミレイナ。今回のことはお父様はどうすることもできない。彼女は、殿下の義妹君だったんだ。すまないミレイナ。お前を守ってやれない不甲斐ない父をどうか許してくれ」

衛兵達に取り囲まれ、連れてこられたのは王城内にある一室。

入れと背を押されて入ると、苦痛に顔を歪ませるルーティアス公爵こと父がそこにいた。

私の顔を見た瞬間、父は私を優しく抱きしめながら悔しそうに言う。

「いいえお父様。仕方ないですわ。こうなった以上、私は誠心誠意反省します」

そう答えた私に、父は驚いたように体を離して私の顔をまじまじと見つめる。

「ミ、ミレイナ？　まさか本当に反省しているのか？」

「やだわ、お父様。当たり前じゃない。私の数々の行い、それは断罪されて然るべきことだわ」

父の目が大きく見開かれた。

「彼女が殿下の義妹君であれば彼女も王族。私は不敬罪に当たるわ」

私が散々いじめたストロベリーブロンドの女は、この国の国王がこっそり作った愛人の娘。

つまりイリアスの義妹君だ。

私はそうとは知らずに、イリアスに取りいるどろぼう猫と勘違いしていじめていたのだ。

世間では私は兄妹仲を引き裂こうとした馬鹿な令嬢として映っているだろう。

けれども実際、イリアスを取られるという私の勘は大当たり。

この世界と瓜ふたつの乙女ゲームのテーマは【妹は兄に恋をする】。あのストロベリーブロンドの女がゲームのヒロインで、義兄《あに》であるイリアス王子を筆頭に恋愛を繰り広げていく。

イリアスが、あの女の掌中に入るのは時間の問題だった。

今思えば本当に、ゲーム通りに私は行動していた。

イリアスに近寄る令嬢達はことごとくいじめ、王宮内を我が物顔で歩き回る。

大好きなイリアスにちっとも構われないので癇癪《かんしゃく》を起こしていた。

お父様に溺愛され、なんでも甘い顔をされていたため、傲慢がすぎる娘となったのだ。

こんな素敵おじさまからどうしてこんな馬鹿な娘に育ったのか……前世の記憶を思い出したからには猛烈に反省しなくてはならない。

「あぁ。ミレイナにここまで言わせてしまうなんて父様は、父様は!!」

あー、うん。やっぱりこのお父様も少しは原因かもね。

泣き崩れる父を前に呆れていると、バタン！ と大きい音がして扉が開いた。

「ミレイナ・ルーティアス。いや、もうルーティアスではないな。ミレイナ、行くぞ」

そう言って入ってきたのは宰相の息子、アーノルド。

会場では外していたが、普段仕事の時は、銀縁の細いメガネをかけている。

会場から出て私の刑を執行をするため、仕事モードに入ったのだろう。

夜会服に銀縁メガネでさらに美丈夫さが増している。

「おい！　アーノルド！　ミレイナは私の娘だ！」

「公爵。これはミレイナにとっても最悪を回避したのです。これ以上ミレイナを庇《かば》いだてすれば、公爵家の取り壊しは免れませんよ。公爵はミレイナが使いすぎたお金を返せるのですか？」

「うっ」

アーノルドの言葉に父は押し黙ってしまう。

私は夜会や茶会で、少しでもイリアスの目に留まるように、あらゆるドレスと宝飾類を買い漁《あさ》った。

その金額は公爵の首が回らないほどにまで達し、簡単に大金を出せるような経済環境ではなくなってしまった。

アーノルドの言葉が重くのしかかる。

きっと前世の記憶が戻らなければ、会場で暴れ回っていただろうし、今もここでお父様に縋《すが》ってなんとかしてもらおうとしただろう。

「お父様！　私、行ってきますわ」

お父様の強く握り込んだ拳を両手で包むと、にこりと微笑む。

「これからミレイナは反省してきます。お身体にお気をつけて。――どうか……どうか……お元気で」

私が今までやってきた数々の行いが、たくさんの人を困らせて悲しませてきた。

前世の私が言うように「チリも積もればヤマとなる」だ。逃げずに反省しなくてはいけない。

だけどこれから大好きなお父様と毎日会えなくなるなんて。

寂しい。寂しい。寂しい。

寂しくて声が震えてしまった。

「ミレイナ……」

お父様は強く私を抱きしめてくれる。

「必ず迎えに行くから待ってなさい」

私がお金を湯水のように使ったせいで、お父様は宰相補佐を務めながら領地経営に一段と精を出し、今も忙しく働いている。

イリアスの婚約者として王宮から頂いたお金も散々使い込んだ。

頂いたお金なのだから私が使ってもいいじゃないと思っていたけど、婚約者だから使えたのだ。婚約破棄されれば今まで使ったお金の返済は当たり前だ。国もそこまで優しくはない。

あの女に対するいじめは王族への不敬罪に当たり、本来ならば死罪だ。

だけどイリアスは、使ったお金を全て返済することで罪を軽くしたのだとアーノルドは言った。

娼館行きだけれど命は奪われなかった。

娼館なんて生き地獄かもしれない。死んだ方がマシだって思うところかもしれない。

それでも本当に死んでしまうよりずっといいよね。ね、前世の私？

いつまでも娘を離さない公爵に痺《しび》れを切らしたアーノルドは、無理やり私達親子を引き剥《は》がし、父を置いて私を連れていく。

掴まれた腕がものすごく痛くて顔が歪むけれど、アーノルドはお構いなしにズンズンと進む。

そうして門前に来ると、すでに用意されていた馬車に押し込まれた。

すぐさまアーノルドも一緒に馬車に乗り込む。程なくしてカタコトと動き出し、城を後にした。

「アーノルド。娼館はどのへんにありますの？」

沈黙が耐えきれなくなり、ついアーノルドに話しかける。

アーノルドはそれまで窓の外を見ていたが、チラリと私に視線を向けただけで口を開こうとはしなかった。

彼はいつも私を無視する。

その態度に苛立ちを覚えて勢いよく首を横に向け、彼とは反対の窓辺に目を向けた。

アーノルドはイリアスと同様、幼い頃からの知り合いだ。

イリアスの側近候補として紹介されてからは彼を私の下僕と勘違いして、アーノルドをパシリのように扱った。

私にこき使われたアーノルドは、いつからか会えば目の敵《かたき》のように威嚇《いかく》した。

成人した今は、私をまるでいない存在のように扱う。

気になったからちょっと聞いただけじゃない。

イラッとしたが、ハッとして反省する。

つい先ほど、これまでの行いを改めるって誓ったばかりじゃない。

気持ちを鎮めるために一呼吸をついた。

そんな私をアーノルドはそっと横目で見ていたようだ。

「あなたに娼婦なんか務まるんでしょうか」

反省、反省と頭の中で繰り返していたら珍しくアーノルドから声をかけられた。

実に数年ぶりである。

「務まるも務まらないも、やるしかないじゃない」

声をかけられたことが、ちょっと嬉しくてつい先ほど自分を断罪してきた側だということを忘れてニコニコと返事した。

「はぁ。どうしてそんなふうに笑えるのか、理解できません」

あからさまにため息をつかれた。夜の暗がりにきらりと光る銀縁メガネをクイとかけ直している。

そしてまた沈黙になる。

彼に対しても散々わがままを言ってきたが、幼馴染だ。

イリアスと一緒になってアーノルドにも断罪されたけれど、悪いのは自分だと自覚している。だからそんなにアーノルドに対して怒ってはいなかった。

悪いのは全部私だもの。

黙り込んだアーノルドに、私もこれ以上何も言うことはない。再び窓の外に視線を向けた。

「……僕が必ずあなたを取り戻しますからそれまで待っていてください」

アーノルドがボソリと何かを言ったけれど聞き取れなかった。振り返って聞き返そうとした時に、ガタリと馬車が止まった。

「着きました。ここが今日からあなたが働く娼館〝ルージュ〟です」

先にアーノルドが、続けて私も降りる。普通の貴族が住む、街中にある大きなお屋敷だった。

自分が今まで暮らしてきた公爵家のタウンハウスとさほど変わらない規模の屋敷だ。どこからどう見ても娼館とは思えない。

「ここは王侯貴族限定の高級娼館です。さぁ、行きましょう」

白髪の妙齢の男性が屋敷の扉前に立っていた。私達に恭《うやうや》しく頭を下げて扉を開ける。

中に入ると煌《きら》びやかなシャンデリアに、真っ赤なベルベットの絨毯《じゅうたん》が目に飛び込んできた。

先ほどいたベリー城の玄関を小さくしたようなエントランスだ。

本当にここが娼館なのかと思っていたら、中央階段から優雅に下りてくる一人の女性がいた。

「あらアーノルド様。本日は殿下の誕生祭だったのではなくて？」

私はその女性に目が釘付けになった
整った顔立ちは隙がなく、何よりも彼女の服装があまりにも扇情的で同性の私ですら頬が熱くなる。

溢れんばかりの胸、その胸元を隠そうともしない深いスリットの真っ赤なドレス。彼女の全てが男の欲望をかき立てるだろう。

「……まったく。そのように動揺していて男相手に仕事ができるのでしょうか」

目の前の女性を見て慌てている私に、アーノルドは顔を歪ませて呟《つぶや》いた。

「急な訪問で申し訳ありません、ライラ夫人。殿下より折り入ってご相談を承った次第でございます」

「ふーん。その女のことね」

私の足の先から頭の天辺までジロジロと見たライラ夫人はサッと扇を開くと目元を細めた。

「はい。夫人にこの娘をしばらくの間どうか雇ってもらいたいとのことです」

アーノルドの言葉に私はぴしりと背筋を伸ばし、躊躇《ためら》いながらもライラ夫人に目を向けた。

「これはかなり上玉だねぇ」

ライラ夫人の視線が品定めのように突き刺さり、身震いする。

そんな夫人から、まるで隠すかのようにアーノルドが私の前に立つ。

「夫人、今からミレイナのことで話があります」

「そうかい。ではミレイナといったかしら。自己紹介は後でいいから、先に部屋へ案内させるわ」

彼女はそう言うと持っていた鈴を鳴らす。

奥からまだ社交界デビュー前くらいの歳の女の子がやってきて淑女の礼をする。

貴族子女がするような挨拶に驚いた。

「ここに来られるのは由緒あるお家柄の旦那様だからねぇ。扱っているものが没落した貴族令嬢達だから礼儀がなってない者などいないんだよ」

扱っているもの。

その言葉に私もアーノルドも顔をわずかに顰《しか》める。

「はじめまして。キャリアです」

「キャリア、ミレイナをルージュの部屋に案内なさい」

キャリアと呼ばれた少女は驚いた顔で私を凝視する。

なぜ凝視されたのかわからず訝《いぶか》しんだが、「わかりました。ミレイナ様どうぞこちらへ」と言われキャリアの後をついていく。

いよいよ娼館に足を踏み入れた。もう戻ることは叶わないかもしれない。

だけど自分のしでかしたことは自分でなんとかしなければいけない。

私は決意して娼館、ルージュの中と入っていった。

早足に歩くキャリアの後を追いながら、後ろ髪引かれる気持ちでアーノルドを振り返ると、悲痛に眉尻を下げた彼の顔が見えた。その瞳の色は幼い頃に見たまだ温かかったブルーに光っていた。

目が合うとすぐに逸らされてライラ夫人に何やら真剣に話し始めた。

私は前を向き歩き出す。

もう後戻りはできないわ。頑張らなくちゃ。

ここは昔栄えていた貴族の屋敷跡で、改装して娼館にしたのはなんと王家だという。

元々王侯貴族の子息達は、ある年齢になると優秀な子孫を残すため、閨《ねや》教育が始まる。

昔は下級貴族の女性や平民の娼婦が教育係として指名されていたが、彼女達は家共々のし上がろうとして毎度厄介ごとばかり起こしていた。王家はその処理が面倒になり、結果作られたのがこの娼館だ。

王家預かりで没落した貴族令嬢や罪を犯した令嬢などを雇い、子息達の教育係とした。

素性のわからない平民の娼婦よりは身元がはっきりしている方がいいと、子息を持つ親達に大層喜ばれた。

没落した貴族や罪を犯している時点で成り上がりの望みがなく、厄介ごとも解消された。

平民の娼婦はいろんな男の相手をしているからか、どこか勝気で可愛げない。

しかしここにいるのは元は貴族の令嬢達で気が強くても所詮は箱入り娘だ。

支配欲の強い貴族達が元令嬢を自分の意のままにでき、それ故余計に男達は虜となったのだそう。

要は思春期の男のただの性欲のはけ口じゃない！

キャリアにいろいろと説明を聞いているうちに、明らかに今まで通り過ぎてきた部屋よりも豪華な扉の前に着いた。屋敷の中でもおそらく一、二番に広い部屋だろう。

部屋の中に入ると、公爵家にある自分の部屋と変わらない広さだった。

しかしそこはやはり娼館。部屋の中の照明はどこかいかがわしさを醸し出している。

透け透けの天蓋からうっすらと見えるベッドは薄いピンク色だった。ベッドだけを見れば可愛らしいのだが、目的がわかっているせいで素直に喜べない。イヤラシイ天蓋ねとボソリと呟《つぶや》いて、部屋をさらに見渡す。

この部屋にはあまり物がない。

いかがわしいベッドと横にあるチェスト、鏡台、ソファとミニテーブルのみ。

奥にふたつ扉があってひとつは浴室、もうひとつはクロゼットだった。

クロゼットはここに来る旦那様達から頂いたものを置く場所らしい。ドレスのプレゼントが多いらしく、私もお相手をした旦那様からドレスをプレゼントしてもらうようにと、キャリアが言った。

着替えがないからそうして自分の着るものを確保しないといけないのだ。

早くも不安になる。

もしかしてこのまま今着ているドレスをずっと着回さなきゃいけないのかも。

キャリアはチェストに避妊薬が入っているから行為の後は必ず呑むようにと言った。

そっとチェストを開けるとたくさんの薬が無造作に入れられていた。

部屋の中をうろうろ歩いて窓辺に近づくと鉄格子が嵌《は》められていることに気づく。

こんな部屋に似合わないゴツゴツとした鉄格子がどうしてあるのかしら。

「お嬢様達がそこから逃げ出さないようにつけられています」

「逃げ出す？　こんな高い部屋で窓から逃げられるわけないのに？」

返ってきた言葉にことさら疑問に思って聞き返したが、キャリアはただ苦笑いをするだけだった。

私は数分悩んでからやっと理解する。

「自分の運命から逃げ出さないための鉄格子か」

窓を開けて心地よい風を頬に受けながら鉄格子にそっと触れる。

私の前世はとても幸せだった。両親と楽しく毎日を過ごしていた。だけど多感な年頃に同級生からのいじめの標的になってから、ずっと自分の部屋に閉じこもりきりになった。

悲しくて毎日泣いてこの世から消えたい。そう思っていた。

心配する両親をよそに、何度消えようとしたかは思い出せない。

ある日泣いたところを見たことがない父が、大粒の涙をこぼしながら私に言った。学校に行かなくていい、私達の前から消えようとしないで、と。父が肩を震わせながら私を抱きしめてくれた時、両親の心の痛みが伝わってきた。

自分一人だけが痛みと戦っていたのではないのだ。

私はそれから部屋の外に少しずつ出られるようになった。

学校には行けなかったけれど、以前の楽しい生活に戻ることができた。心の底から、消えなくてよかったと思えたのは、諦めずに私に向き合ってくれた両親のおかげだった。

それなのに私は今ここにいる。

なぜ死んだのか、どうして悪役令嬢に転生してしまったのかは全くわからない。けれど、両親のために生きたいと死ぬ間際にした後悔は今世にも引き継がれている。

私はミレイナとして生きているけど絶対に自分から死を選ばない。

いじめられた側の気持ちが痛いほどわかるから、ミレイナのしたことを私自身が許せない。

「ミレイナ、あんたはここで償うのよ。いじめた人数分、ここで」

ギュッと鉄格子を一度強く握ってから窓を閉めて振り返り、キャリアに微笑んだ。

「ごめんなさい。私お茶の淹《い》れ方も知らなくて……教えてくださらない？」

ここで前世の両親に約束したように頑張って生き抜く。そして今世でいじめてきた数多《あまた》の令嬢達に償っていく。

そしていつかお金を全額返した暁にはルーティアス家に帰って思い切りお父様やお母様を抱きしめてもいいよね？

そのために私はここで頑張るわ！

キャリアは私の言動に驚いたように目を見開き、その後花が綻《ほころ》ぶように笑った。

「はい！　ミレイナ様！　お茶は私がお淹《い》れします！」

こうして私は娼館ルージュの娼婦としてやっていくことが決まった。

そして、その初仕事は早々に訪れる。

それも私を先陣切って断罪したイリアス・ストロサンドによる指名で。


キャリアと少し談笑しながら寛《くつろ》いでいると、トントンと扉が叩かれる。

扉に目を向ければ、返事を待たずにライラ夫人が入ってきた。

「ミレイナ。来た早々悪いけど、さっそく仕事をしてもらうよ。キャリア、ミレイナを早く風呂に連れていきな」

来たばかりでいきなり仕事とは思っていなかった。こんなことは初めてだと言うキャリアも驚いていたが、ライラ夫人に急かされ慌てて部屋に備えられている浴室に向かった。

まさか説明も何も聞かないまま、指名されるなんて。

今まで体や髪は侍女達に洗ってもらっていたため、どうすればいいかわからない。キャリアに申し訳ない気持ちになりながら一緒に洗ってほしいと頼んだ。

前世の一部の記憶を取り戻しても、全て思い出したわけではない。

十七年間ミレイナ・ルーティアスとして生きてきた日常生活の方が身にしみついている。私は自分で体を洗ったことがない生粋の令嬢なのだ。

だけどそれはここでは通用しない。キャリアに頼むのは今日で最後と決意して、自分一人でも洗えるようにキャリアと一緒にお風呂に入った。

キャリアの手つきを眺めながら、必死で覚える。

「こんなことは初めてです。ミレイナ様のお披露目もまだですから、ここにミレイナ様がいることは誰も知らないはずなのに」

キャリアはそう言ったけれど、私には思い当たる節があった。

先ほどベリー城の舞踏室でイリアスが、高らかに私を娼館に送ると宣言していたわよね？

もしかして先ほどの宣言を聞いていた誰かが、私を追いかけてきたのでは？　というか、ほぼそれしかないだろう。

自慢じゃないけど、私は傲慢で高飛車なぼっち令嬢だ。近寄る連中皆に噛み付いたから、その中に私に恨みを持った者はたくさんいるはず。

もしかしたら想像以上にひどい目に遭わされるのかもしれない。

途端にカタカタと震えが止まらなくなった。

娼婦は男性と寝る仕事。

考えないようにしていたけれど、気持ちの準備もできないうちに、今日この後私は純潔を失う。

イリアスに捧げるって誓った私のバージン。

震える私にキャリアは優しく小さな手で背中を摩ってくれる。

「ミレイナ様。後で美味しい紅茶を持っていきますね。一緒に飲んで夜更かししましょう。キャリアはいつまでも起きていますので」

私よりも少し小さいキャリアの手から温かさが伝わってくる。

考えるのはやめよう。

キャリアの手に自分の手を重ねてニコリと笑い、楽しみにしているわと言った。

ここで震えても仕方ない。バージンなんてどうでもいいじゃない。

「よし！　サクッと終わらしてくるわ！」

私は勢いよく湯を頭からかぶる。

「ミレイナ様！　お髪を濡らさないでくださいませ！　私は髪を巻けませんよ！」

「え!?　そうなの!?　そうか！　髪を巻くのも自分でしないといけないのね！　どうしましょう！　私も巻けないわ！」

どうしようとおろおろしながら、犬のようにフルフルと水気を飛ばす。

私の令嬢らしからぬ行動にキャリアは呆気にとられて笑い出した。私も釣られて笑う。

キャリアのおかげでひとときでも緊張が和らいだ。私は彼女に心から感謝した。


「うわ！　えっち！　ひらひら！　スケスケ！」

キャリアに渡されたランジェリーは、いつも着ている下着とは比べものにならないくらい薄い生地で、大事な部分にだけ厚手の布がついているだけだった。ちょっと動いただけでそこから大事な部分がポロリとはみ出て当然のドエロイものだ。

これしかないのだとキャリアが申し訳なさそうにするので、意を決してその下着を着た。

バスローブは着てもいいと言ってくれたので、下着の上からバスローブを羽織ってお臍《へそ》部分で紐をキツく結ぶ。

浴室の扉から出るとそこにはライラ夫人と背の高い男の人がこちらを背にして立っていた。

誰、なんて考えるまでもなく、後ろ姿だけで彼が誰かわかった。

「……でん……か」

私の声にぴくりと反応して、男性がゆっくりと振り返る。さっきまで私を断罪していた張本人のイリアス・ストロサンドだった。

「ふ。無様な姿だな、ミレイナ・ルーティアス。いや、ミレイナ」

彼はふんと鼻で馬鹿にしたように笑う。私よりも眩《まばゆ》いプラチナブロンドの髪と金色の瞳が輝く。

先ほどの誕生祭からそのまま来たのか、彼は夜会服のままだ。

「ライラ夫人、すまないがミレイナと二人にしてくれ」

「ほほ。気が利かなくて申し訳ないわ。キャリア行くわよ。では旦那様、ごゆるりと」

固まったままの私はイリアスを凝視していた。

彼は二人が出ていったことを確認してから、ズンズンと私に近寄ってあっという間に目の前に立った。

イリアスは私の着ているバスローブ姿を見てわずかにしかめっ面になる。

「……どうだ。これからここがお前の家だ。その髪も自分で巻かないといかんな」

そう言って私の少しだけ乾ききっていない、真っ直ぐな髪を掬《すく》いながら笑う。

「少しは反省したか？」

イリアスの行動に気を取られ、彼の言葉にハッとする。

視線をイリアスから背けてそっと頷《うなず》いた。

「そうか。ならもうティアラや他の令嬢を虐《しいた》げたりはしないな？」

そうだ、あのストロベリーブロンドの女の名前はティアラだ。やっと思い出した。

彼の言葉にもコクンと頷《うなず》く。

素直に頷《うなず》く私に、彼はなぜかホッと息をついた。

「よし、じゃあミレイナ、このまま帰――」

「私はここで働いてあなたから頂いたお金を頑張って返済していくわ」

イリアスの手が髪から上に移動しようとした手が止まる。

「は？」

私の言葉にイリアスが動揺する。

「だからイリアス様はどうかこのままお帰りください。私は自分の罪を償うため、ここで生きてまいります」

頭を下げてからゆっくりと顔を上げ、強い瞳でイリアスを見上げる。

「ここがどこだかわかっているのか!?」

しばらくの沈黙の後、イリアスが焦った様子で私に詰め寄る。

いきなりのイリアスにわずかに慄《おのの》くもはっきり頷《うなず》いた。

「ここは娼館だぞ⁉　男の相手をする場所だ！　お前に、ミレイナにできるわけがないだろ⁉」

イリアスは私の両肩に手を置き、目を見て必死に訴えてくる。

私はそんな彼の言動がおかしくて仕方なかった。

そんな場所に私を送ったのはあなたなのに。

しかもミレイナにできるわけがない？

「私にできないですって？」

私は、元々傲慢で高飛車でわがまま。おまけに負けず嫌いだ。

イリアスの私には絶対無理！　という上から目線は、私の闘争心に火を点けた。

キッと下からイリアスを睨《にら》みながら告げる。

「イリアス様、この世に私にできないことなんて何ひとつありませんわ。たかが男相手に、この私ができないですって？　私を誰だとお思いですの？　私はミレイナ・ルーティアス。立派に娼婦をやりきって見せますわ」

イリアスは私を見て押し黙り、両肩を掴む手に一層力を入れて俯《うつむ》いた。

「……やはりお前はここまで来ても、俺の言うことは聞かないのか」

ボソリと何か呟《つぶや》く。

至近距離なのにその声はあまりにも小さくて聞き取れなかった。

「なんですの？　何か言いま、キャッ！」

聞き返そうとした途端、イリアスに強く押されて横にあったベッドに思い切り倒れた。

「ちょっ、痛いじゃない！　何するのよ！」

フカフカのベッドだが、勢いよく押されればいくら柔らかくても多少は体が痛い。

イリアスに怒鳴り、起き上がろうとするが目の前に影が落ちる。

「え？　イリアスさ、ま？　……え？」

そっと上を見上げれば、逆光でよく顔は見えないがイリアスが私の上に馬乗りになった。

「お前が娼婦になるなら、相手をしてくれるのだろう？」

そう言った彼の表情を窺う間もなく、顎を掬《すく》い上げられて彼の柔らかい唇が私の唇に押し当てられた。

「ん！」

突然のイリアスの行動に目を開けたままキスを受けた。

驚き慌ててイリアスを押し退けようと彼の胸を押せば、手を握られてベッドに縫い付けられる。

食むようなキスの攻撃が始まりだんだんと息が苦しくなってくる。

「んんー！　んんー！　んんん！」

息苦しくなって思わず口を少し開けると、それを見計らったようにイリアスの熱い舌が口内に侵入した。

私が引っ込めた舌を容易《たやす》く絡めとり、濃厚なキスの嵐をぶつけてくる。

「ふぁ、ん、ンンン、ん」

声が漏れてしまう。

お互いの唾液が口元からこぼれ落ちてもイリアスのキスは止まらなかった。

初めてのキスは怒涛《どとう》のように押し寄せ、濃厚でどこかじわりと甘い。

自然と頭がフワフワとしてくる。

抵抗が緩んだ隙に、イリアスは私のお臍《へそ》にキツく巻かれたバスローブの紐をいとも簡単に解《ほど》いた。

「お前は本気で娼婦になるつもりなんだな」

いつのまにキスの嵐がやんだのか、ぼぅとしてた私の耳にイリアスの低い声が届く。

そして彼の視線の先を追って驚愕する。

彼が見ていたのは紐の解《ほど》かれたバスローブから覗く私の扇情的な下着姿だった。

私は慌ててバスローブを手繰り寄せて下着姿を隠そうとしたが、それよりも先にイリアスがバスローブを奪い取った。

私は恥ずかしさのあまり、自分の細い腕で胸と下を隠そうとした。

羞恥に顔を赤く染めて隠そうとモジモジするその姿に、男が何よりもそそられると私は知らなかった。

イリアスの目が情欲に染まった瞬間だった。

「こんな姿で他の男の前に立つつもりなのか」

イリアスはまたボソリと呟《つぶや》いたかと思うと、私の腕を掴んでベッドに押し付け、首元に顔を埋めてくる。

「イリアス様！　お願い！　やめて！　いやよ！　あなたとこんなことできないわ！」

私のバージンはイリアスにもらってもらうつもりだった。

こんないかがわしい場所ではなく、彼の私室でロマンチックな夜を過ごしたかった。

それなのにこんな形で彼に抱いてもらいたくない。

ここで彼に抱かれなくても、そう遠くない未来に他の誰かに奪われるのはわかっている。

それでもここで、こんなふうに、愛のない彼に――

「イリアス様に抱かれたくない！」

目を固く閉じ、大声で叫ぶ。

その一言を聞いてもイリアスは無言で行為を進めようとする。

「イリアス様！　おねがっン！」

止めようと必死に叫ぶ口を塞ぐように私の唇を覆う。

激しく口内を蹂躙《じゅうりん》されて、イリアスの舌がいとも簡単に私の舌を絡めとってしまう。

必死で逃げようとするもイリアスの舌が追いかけてくる。イヤラシク絡みつき、どこか甘さを含んで私は抗えなくなった。

唇が離れると二人の口に銀色の糸が伝う。

イリアスの手が私の下着を脱がした。

「い、や……いや……イリアス……さ、ま」

震える唇で彼の名前を呼ぶ。

私の弱々しい声を聞いて彼は少しだけ冷静になったようだ。

「ふっン、ン」

先ほどまで荒々しい口づけだったのがいきなり優しいキスに変わり、少しだけ気持ちが落ち着く。

彼は顕《あら》わになった私の胸をそっと下から掬《すく》い上げるようにして触れる。

その感触にぴくりと震える。

唇をそっと離してイリアスが告げる。

「娼婦にでもなんでもなるがいい。だがミレイナの初めては俺がもらう」

そっと私の頬を撫でる。

影でよく見えないイリアスの顔をマジマジと見つめた。

聞きづらいけれど、イリアスもまたなぜか私のように泣きそうな声だった。

どうしてあなたがそんなふうに泣きそうなの？

私はひとつ大きく息をついて体の強張《こわば》りを解《ほど》いた。

どうせ好きな人に捧げるつもりだったバージンを、理想とは違うけれど彼がもらってくれるなら。

イリアスに最初に抱かれるなら場所も雰囲気も……私だけが好きな気持ちも全部諦める。

これがおそらく最初で最後の彼に触れられる機会。

それならこのひとときを大事にしなくちゃ。

私はそっと上体を起こして彼の頬に手を添え、躊躇《ためら》いがちにキスをする。

「私の初めてをイリアス様に差し上げるわ」

唇を離してから唇が触れるほどの距離で呟《つぶや》いた。

イリアスは私を強く強く、身体が軋《きし》むほど抱きしめた。それから彼の唇を私の唇に押し当て深いキスで応えた。

長い時間キスを堪能したのち、イリアスはゆっくりと私をベッドに横たわらせた。

中途半端だった下着もバスローブも脱がされたけれど、もう抵抗しない。

イリアスは膝立ちになると、纏《まと》っていた夜会服を脱いでいく。トラウザーズを残して全て脱ぎ終えると再び私の唇にキスを落とす。

そしてまた私の胸に手を添えてやわやわと優しく揉み始めた。

初めての感覚に背中がぞくぞくする感覚を覚える。

普段自分で触っても何も感じないのに、イリアスが触れると突然官能的になる。思わず両足を擦り合わせていた。

ぷくりと立ち上がった胸の頂にイリアスの長い指が一瞬触れる。

「アッ」

触れた先からピリリと電気が走ったように、びくりと私の身体が震えた。

イリアスの舌が私の頬から鎖骨にかけてゆっくりと這う。

その刺激にもゾクゾクして、つい声が漏れそうになる。

そして先ほど一瞬触れられた胸の頂を今度はしっかりと意志を持って触れられる。

またピリリと体に電気が走る。

親指の腹で捏《こ》ねくり回されるとアソコが疼《うず》くような気がしてくる。さらに足を擦り合わせた。

「気持ちいいか？」

イリアスはそんな私を見て微笑む。

いつになく優しいイリアスに胸が高鳴り、コクリと素直に頷《うなず》いた。

「フッ……可愛いな」

イリアスがまた笑ってそう呟《つぶや》く。

イリアスの言葉に私は目を見開く。

聞き間違い？

いつも鬱陶しそうに私を睨《にら》んでいたイリアスが、私を可愛いなんて言うはずがない。

「私が可愛いんですの？」

思わず聞き返していた。

イリアスは、口から思わず出てしまったと言うように私の問いには答えず、代わりに激しいキスを送ってきた。

「ン、フッンン」

激しいキスに応えるように、角度を変えて何度も絡み合う舌。

止まっていたイリアスの手が、再び胸の頂をクリクリと捏《こ》ねたり摘んだり弾いたりする。

そのたびにキスの間から自分の声かと思うくらいの甘い声が漏れていく。

イリアスは唇を離してそのまま首から鎖骨へと舌を這わせていく。そしてそのまま触れている方とは反対の胸の頂を口に含んだ。

「ん、やぁあ」

口に含んだ途端胸の先端に熱くてぬるついた舌で舐《な》められる。

「あ、アァ、あ、やぁ」

甘い声は止まらなかった。

イリアスが胸から口を離して再び膝立ちになるとベルトを解《ほど》き、トラウザーズのボタンを外して緩める。

すでにそこは大きく膨らんでいる。彼も興奮していることが嬉しい。

好きでもない女にもこうやって反応してくれるのね。

均整のとれたイリアスの体躯に目が釘付けになる。

イリアスの手は私の足に触れるか触れないかほどの感覚で、足首から順に上へと上っていく。

私の太腿にイリアスの手がかかる。

温かくて硬い指先から熱が伝わってくる。

そのまま手はどんどん上に上っていき、ついに終着点へと辿り着く。

足と足の付け根部分はまだ触れられていないのに、すでに熱気を帯びていた。

そろりとイリアスが割れ目をなぞるとビクン！　と身体がのけ反った。

人差し指が差し入れられ、すでに湿っているそこからクチュリと音がする。

「ミレイナ。ここがすごいことになってる」

割れ目から手を引いて、私の目の前で人差し指と親指を擦り合わせて離す。指の間には私の愛液が糸を引いて滴り落ちた。羞恥に顔が熱くなる。

「や、やだわ！　見せないでくださいっンな！　あぁッ」

恥ずかしくて首まで火照《ほて》り、目尻には涙が溜まる。

イリアスは獣のように荒々しくまた私の唇を奪った。

「ン、んあ、ン」

イリアスがキス魔だったなんて知らなかった。
行為が始まってからどれだけ彼とキスをしたのかわからない。
一生分のキスを味わっているみたい。
イリアスの指が再び私の割れ目を上下になぞる。
「やあぁ、あぁ。あぁ……んン」
クチュクチュとイヤラシイ音が聞こえてくる。
その音が、自分から出ているのだと思うとさらに愛液が溢れ出る。
イリアスの指が割れ目の上の突起に触れた。
途端一際嬌声をあげてしまう。
「ひぃやあ！　あ、あぁ！　ダメ！　そこ、アッ」
先ほどと比べものにならないくらい、背中にビリビリ、ビリビリと電気が走りわたる。
ダメだと言っているのにイリアスの手は止まらなかった。
「あぁあ、アッダメ！　あぁ！　あああ」
たっぷりと愛液を纏《まと》わりつかせて一番感じる粒を摩られると我慢ができない。
最初は優しく摩っていた指がだんだんと速くなっていく。
そのたびにどんどん何かが迫り上がってくる。

「あぁあ！　アァッ！　ダメ！　ダメッ！　あぁん！　やあぁー」

甲高い声をあげて初めて絶頂に達した。

ビクビクと勝手に体が震えて全身から力が抜けていく。

イリアスは放心状態になった私の頬にキスを落とす。

そして頭を撫でた後、私の温かな場所の奥へゆっくりと指を入れていく。

濡れすぎたそこは簡単にイリアスの指を咥《くわ》え込んだ。

「すごいな。俺の指を持っていきそうだ」

イッたばかりのそこはキュウキュウとイリアスの指を締め付ける。

ゆっくりと出し入れが繰り返された。

最初は異物感しか覚えなかったのに、だんだんと官能に塗り替えられていく。

「アッ、イリアスッさ、まぁ」

ギュッとイリアスの手首を掴み、彼の瞳を霞む視界で見つめる。

「そんな顔、他の男にも見せるなんて本当にお前は最悪な女だな」

抜き差しする指が二本に増えたが、すでに官能の扉が開いた私にイリアスの言葉は届かなかった。

「あぁ、ダメ！　あぁ、ッン、ンあ」

激しく繰り返される指の抽送は再び私を絶頂へと導いていく。

「初めてなのになぜこんなに敏感なんだ？　最初からここで感じてイクなんてお前は淫乱にも程があるな」

「いやぁ、言わなッあっんんー、あぁあー」

イリアスの指は三本に増え、躊躇《ちゅうちょ》なく激しく抽送される。私は再びあえなく達してしまう。

目尻に涙が溜まり顔はこれ以上ないほど熱い。体は力が抜けてぴくりとも動かない。

その間に、イリアスは素早くトラウザーズを脱ぎ去り、私の蜜口へ剛力をあてがう。

「いいか、ミレイナ。お前の初めてはこの俺だ。しっかり焼き付けろ」

そう言うと私の上に覆いかぶさった。

イリアスの熱い熱杭が私の中にゆっくり、ゆっくりと入っていく。私は痛みに必死に耐える。

この痛みは生涯忘れることはない。

この痛みこそが私の幸せであり、償いへの第一歩なのだから。

これが最初で最後のイリアスとの熱い情事なのだ。

ストロベリーブロンドの女を思い出した。

このままシナリオが進めば、彼はあの義妹と恋に落ちる。

私はゲームの世界では登場しない。

登場するのはプロローグだけ。

それがあの断罪シーン。

婚約者を自ら失ったイリアスはミレイナと過ごした幼き日々を思い出し、心を痛める。

その痛みから救ったのが、他でもない義妹、ティアラだ。

天真爛漫だが思いやり溢れる義妹は、イリアスの心を簡単に射止める。

そうしてイリアスは禁断の恋に溺れていく。だが類い稀なる才能を生かし、その後の国を平和に築いていく。

これがゲームのイリアスルートのシナリオだ。

バッドエンドはなく、ハッピーエンド一択。

攻略度によって結末の内容が少し変わるだけだ。

断罪されたミレイナがその後どうなったかはわからない。けれど、アーレイのルートではミレイナが遠い公爵領で相変わらず癇癪《かんしゃく》を起こしているという表現がチラリとされていた。

ミレイナに死のルートはないのだろう。そして娼館行きもない。

そんなシナリオはどのルートにもなかったのだ。

おそらくゲームの中では父に泣きついたおかげで娼館に勤めることはなかった。

だとすれば、今こうしてイリアスを最初に受け入れるのは幸運だったかもしれない。

ずっと好きだった彼にこうやって抱かれるのだ。理由なんていらない。

今この時だけは、イリアスは私を見てくれるのだから。

「ッく、狭いな」

イリアスは顔を歪ませながらさらに奥へと押し進ませる。額から滴り落ちる汗が私の頬を伝う。

それは私の涙をそっと隠してくれた。

イリアスの汗と私の涙が合わさって頬を伝い落ちたと同時に奥深くで繋がり合った。

「クッ！　ミレイナ、苦しくないか？」

彼自身も辛いくせに珍しく労《いたわ》ってくる。

王城で私がコケても気にもしなかったのに、突然人が変わってしまったのかしら？

汗で張り付いた髪の毛を優しく払ってくれた。

彼の仕草に切なくなる。ギュッと彼の背中に抱きついて首を横に振る。

「少しだけ。少しだけ痛いけど大丈夫よ。イリアス様こそ、お辛くはないですか？」

私もおそらく初めて彼を労《いたわ》る言葉を言った気がする。

それにイリアスも気づいたのか、少し驚いたようだ。

「俺も大丈夫だ。……動いていいか？」

はいと小さく答えると、イリアスは労《いたわ》りながらゆっくりと引き抜いていく。

狭い中が引き攣《つ》れて痛み、顔が歪む。

「っツ」

イリアスは私の声を敏感に察知した。抜きかけていたのを止めて声をかけてくれる。

「本当はすごく痛いのだろう？　和らぐまで待ってやる」

優しい言葉にフルフルと首を振る。

「大丈夫ですわ。こうしてあなたとひとつになれて嬉しいの。だから少しくらい痛くても平気」

痛みを我慢しながらも微笑んで言うと、彼は繋いだ手をギュッと強く握ってくれる。

「お前はッ。どうしてこういう時だけッ、くそっ！　少しでも痛くないようにしてやる」

イリアスの肉棒が私の言葉を聞いたからなのか、一段と中で大きくなる。

圧迫感が増し、先ほどより痛みもひどくなったけれど、イリアスにギュッと抱きついて気を逸らそうとした。

再びゆっくり抜かれていく。そしてギリギリのところまでいくとまたゆっくりと奥へと挿入される。私が痛みを感じなくなるまで、イリアスは何度も辛抱強く繰り返した。

顔を顰《しか》めていた私を見て、イリアスは自分の指を少しだけ舐《な》め、秘所の少し上にある小さなマメを擦る。

「ふぁっ」

クリュックチュ。

そこを摩られると、痛みと共に小さな悦楽が体を支配する。

痛いのに気持ち良くて訳がわからなくなりそうだ。

「アッあ、んぁ。んぁ」

しばらく続いた痛みが消え、自然と艶めいた声に変わる。

イリアスはすぐにそれを感じ取り、少しずつ抽送を速めていく。

「あぁ、アアン。アッン。んんぁ」

私の声が完全に嬌声に変わる時、イリアスの抽送がより激しいものへと変わった。

パチパチと皮膚がぶつかり合う音と、グチュ、グチャと混ざり合う蜜の音。

そして私の嬌声とイリアスの熱い吐息。

私の腰に手を当て、イリアスは何度も自分の腰を打ち付けていく。

「もうッ、痛くないだろう？」

そう聞かれるも、ただ頷《うなず》くしかできない。

話したくても襲ってくる快楽に、喘ぎ声しか出なかった。

「あぁっあぁんっあぁ！」

一心不乱に高みに昇りつめる。

「ミレイナッ、ミレイナッ！」

イリアスは激しく腰を振りながら、ツンと上に向く胸の先端を片方は指で押し潰したり弾いたりする。片方はパクリと口に含んで、ペロペロと舐《な》めた。

胸の刺激がとても気持ち良くてついアソコがキュンとしてしまう。

そのたびに中が締められるのかイリアスはより官能的に顔を歪める。

「あぁ、ミレイナ！　俺の、俺だけの！　ッ出すぞ！」

戯言のように呟《つぶや》いたイリアスの動きはより一層激しさを増して、私の最奥に精を吐き出した。

「あぁ！　あぁあ！　イリアぁッスさまぁ！」

ドクドクと中に出され、熱いもので満たされていく。

とうとうイリアスにバージンを捧げてしまった。

足の間からは白濁液と赤い血が混じりお尻を伝う。

私はあまりにも激しい行為に、ふらりと目の前が真っ暗になり、そこで意識を手放してしまう。

最後に見えたのは優しく微笑んでいるイリアスの笑顔だった。

◇◇◇

俺は意識を失ったミレイナの体を優しく労《いたわ》りながら拭きあげていく。

しっとりと汗で頬に張り付いた髪をどける。

うっすらと赤みを帯びた頬は先ほどの行為中の表情を思い出させた。

その柔らかな頬を抓《つね》る。

「俺の前で挑発するから悪いんだ」

強く抓《つね》っても起きないミレイナ。

そんなミレイナにはぁとため息がこぼれる。

「とりあえず一眠りしてまた明日来るか」

綺麗になったミレイナの隣で横たわりギュッと強く抱きしめ、俺もまた眠りについた。

そしてまだ日の出前に俺は娼館ルージュを後にした。

第二章　殿下は足繁く通われています。

カーテンの隙間からさす光が眩《まぶ》しくて、静かに目を覚ます。

「んー。ん？　どこ？　ここ？」

微睡《まどろ》む目を擦りながら、むくりと上体を起こす。いつも寝起きしていた部屋とは間取りも家具も随分と違う。

「どこよ、ここ？　……あぁそうだったわ」

部屋の変わりように寝ぼけまなこもすっかり冴えた。同時に、自分が昨日のことを思い出す。

「ッ!!」

そして昨夜イリアスに純潔をあげたことも思い出し、途端に恥ずかしくなる。

「そうだったわ！　昨日はイリアス様と！」

昨夜の一部始終を思い出して熱くなった頬を覆うように両手で顔を隠して身悶える。

はじめはこんなところでと思って拒んだけれど、今は最後までできてよかったと思う。

「うん。昨日のことは思い出にしましょう。一生忘れないわ」

嫌われているはずなのに、イリアスは昨夜の情事で私をとても大切にしてくれた。

痛がる私を辛抱強く労《いたわ》ってくれた。

彼がこんなに優しく抱いてくれるなんて。

「はぁ……どうして私娼婦になったのよ」

三角座りになるとズキリと腰が痛くなった。

自分の膝に顔を置く。

もう少し早く記憶が戻っていたらいじめたりなんかしなかったし、わがままだって言わなかった。

もっとイリアスに寄り添えば、今頃もっといい関係になれていたかもしれないのに。

「無理ね。だってミレイナは気性の激しい女だもの」

前世の記憶が戻ったところで、この負けず嫌いと高飛車はおそらく変わらないだろう。

少しでも傲慢さが薄れたらそれで充分だ。

「……イリアス様はなぜ私を抱いたのかしら」

娼婦行きにした張本人なのに。

今まで散々わがままを言われたから、恨み辛みを晴らすために私を抱いたのだろうか。

「それにしては優しかったわ」

またイリアスとの情事を思い出し顔が火照《ほて》り出す。

一人で狼狽《うろた》えていたけれど、ハッとしてまた落ち込んでしまう。

「イリアス様はここには二度と来ないわよね。それに私は今日から娼婦としていろんな方と……」

想像をして怖くなる。ここでお金を稼いでイリアスに返すと決めたけれど、好きでもない人とすることに躊躇《ためら》いがないわけではない。

はっきり言えば嫌だ。

イリアス以外と褥《しとね》を重ねるなんて考えただけでも鳥肌が立つ。

それでもここで頑張ると決めたから。

だから少しでも考えないようにって、頭の隅に追いやっていた。

だけど昨日イリアスに抱かれたことで私の心はイリアス以外の男を拒もうとする。

「ミレイナ。たかが体だけ。自分の心は誰にも汚されない。私の心は私だけのものよ」

自分にそう言い聞かせないと、すぐにでもこの部屋から飛び出したくなる。

「ミレイナ様。おはようございます」

その時トントンと扉がノックされ、キャリアが入ってくる。

「キャリア、おはよう！」

キャリアは恭《うやうや》しく頭を下げた。

「ミレイナ様。今日はこの屋敷のご案内と今後のお話がありますので、午後にライラ夫人がお訪ねになります。午前中はお体がお辛いでしょうし、このままこちらでお休みください。ご朝食をお持ちしましたのでどうぞ」

そう言ってサービングカートにのせた朝食を部屋まで持ってきてくれる。

「ありがとう！」

キャリアの言う通り、主に腰が痛くて歩くのが辛い。前世でも未経験だ。

本当にイリアスが最初の相手。

前世で耳かじっていたけれど、初体験の次の日は節々が痛いというのは本当だったみたい。

痛む体を我慢しながらなんとかソファまで辿り着く。

キャリアが持ってきた朝食は、クロワッサンとスクランブルエッグとサラダ。シンプルだけど美味しそうだった。

お腹がぐぅとなって咄嗟《とっさ》にかかえる。

チラリとキャリアを見るとプルプル震えていて、今にも吹き出しそうだった。

「笑うなら笑ってくれてもいいわよ」

キャリアは笑いを堪《こら》えながら、てきぱきと朝食をテーブルの上に置いていく。

「ミレイナ様はなんというか、ご令嬢らしいようでらしくないというか」

キャリアはカトラリーを用意しながら言う。

「なぁに。そんなにがさつに見えるかしら？」

腰に手を当てて言えば、キャリアは私が怒ったと思ったのか、慌てて頭を深く下げた。

「とんでもございません！　すみません！　不快に思われたのなら謝ります」

慌てたキャリアを見ながらぷぷっと吹いて笑う。

「大丈夫よ。怒ってないから。お腹すいたわ！　さぁて食べましょう。ありがとうキャリア！　いつもキャリアが運んでいるの？」

テーブルに置かれた朝食プレートからクロワッサンを取り、一口大にちぎって齧《かじ》る。

「はい。お嬢様の食事は私が提供しています。この屋敷にはお嬢様達とライラ夫人、それから料理人と掃除夫しかいません。ですから、お髪をといたり、お身体を清めたりはご自身でしていただきます」

「あまり人がいないのね。わかったわ。その、……お嬢様達は何人いるのかしら？」

「お嬢様はミレイナ様を合わせて十三人でございます」

「そんなにいるの⁉」

驚いてスプーンで掬《すく》ったスクランブルエッグをお皿にこぼしてしまう。

「ええ。いろいろ事情があるお方ばかりです」

「そうなの」

いろいろな事情ね。

領地経営が難しく、困窮して首が回らなくなった家から売られた娘。

あまりにも素行が悪くて勘当された娘。

なんだか複雑な気分になる。

「どのお嬢様もはじめは悲しんでおられましたが、皆素敵な旦那様にお身請けされて幸せにここを発たれています。だからミレイナ様、そんな悲しいお顔をなさらないで」

キャリアが膝をついて私の手を取る。

悲しそうに私の顔を見上げていた。

私はできる限り優しく笑ってキャリアの小さな手を握った。

「私は大丈夫よ、平気」

「ミレイナ様」

今にも泣き出しそうなキャリアをソファから下りて抱きしめる。

まだまだ幼い子が、この屋敷でどれだけ嫌なものを見てきたのだろう。

触れた手はカサカサで抱きしめた体はあまりに細すぎる。

まだ出会ったばかりだけど、この小さな女の子を守ってあげたい。

他のお嬢様の元にも朝食を運ぶからとキャリアはまだ赤い目をして部屋から出ていく。

キャリアが部屋から出た後、少し冷めてしまった朝食をポツリポツリと食べ始めた。

朝食を食べ終えてから、浴室で腰を痛めつつ初めて一人で顔を洗った。髪の毛は自分でどうすることもできず巻くのをやめた。サラサラのストレートヘアになって昨日までの自分とだいぶ印象が変わったなと鏡をマジマジと見つめた。

ドレスはここに来た時に着ていたものしかなかったから、仕方なく同じものを着る。けれど初めて一人で着るドレスに苦戦し、最終的に背中のホックが留められず諦めた。

背中が開きっぱなしでもしばらくは誰も見ることはないでしょ。

そして今に至る。

身の支度だけで疲れきった私は午前中ベッドでダラダラと過ごした。

昨日までは朝早く起きてお父様とお母様と朝食を頂いた後、すぐ王城に行きイリアスの後を追いかけ回していた。

執務中だろうが休憩中だろうが、どこでもついて回った。

もちろん怠けてばかりではマナーもダンスも下手になるから、それなりに教育係をつけてもらって励んでいた。

「イリアス様に無理やりダンスのお相手をさせていたわね」

忙しい彼を引っ張り出して相手をしてもらい、アーノルドに彼の仕事を押し付けた。

「彼女の名前はなんて言ったかしら？」

イリアスと目が合って頬を染めた侍女がいたが、嫉妬を覚えた私は、後でその侍女を呼び出してキッチンから持ってきた玉ねぎの皮を大量に投げつけて罵《ののし》り、その場で解雇した。

「なんて最低な女なのかしら、私」

自分自身に呆れてしまうが、思い出しただけでも侍女にまたムカムカする。

「今更嫉妬してもどうしようもない。これからそんなことたくさん起こるわ。彼はもう私の婚約者じゃないのに」

はぁとため息をついて目を瞑《つぶ》り、時間がくるまで眠りについた。

「ミレイナ。起きなさいな」

スヤスヤと眠っていた私をライラ夫人が起こす。私は目を擦りながらライラ夫人を見た。

「キャリアに屋敷を案内させるつもりだったけれど、夕方から旦那様がお見えになるわ。とりあえず先にルージュの説明をするわよ」

その言葉で一気に覚醒する。

「昨日に続いてまたすぐにお仕事なんですか……？」

昨日はイリアスだったけれど、今度こそ……

心の整理がつかないまま誰かに抱かれるのかと思うと、途端に体が強張《こわば》る。

「安心しなさい。昨日と同じ旦那様よ」

ライラ夫人はニヤリと不敵に笑う。

私は安堵したものの、イリアスがまた来ることに驚いた。

「い、イリアス様が来るんですか⁉」

私の言葉を聞いたライラ夫人は片眉を吊り上げ、持っていた扇子を勢いよく私の手に振りかざす。

「イタッ」

「ミレイナ。お前は昨日来たばかりで仕方ないけれど、今日からきちんとこのルージュの掟に従いなさい。ここに来られる方の呼び名は皆旦那様。決して名前で読んではいけないよ。いいね？」

「はっ、はい」

ライラ夫人の威圧に気押され、コクコクと頷《うなず》いた。

「さぁ、さっさとこちらに来なさい。ルージュの館の説明をするわよ」

ライラ夫人は納得したのか、ソファの方に向かった。

私も慌ててベッドから下りてライラ夫人を追う。

ローテーブルにはすでにティーセットと書類が置かれていた。ライラ夫人が綺麗な指でカップを持ち上げ、コクリと一口飲む。

「もうすでにこの屋敷名は知っているわね。ここは王侯貴族専門サロン、ルージュ。表向きはサロンとして届けているわ。でもここが高級娼館というのは誰もが知っているわ。知らないのはそうね、あなたみたいな箱入りのお嬢様達くらいかしら」

確かにここに来るまでルージュのことは知らなかった。

だけど私をここに送り届けたアーノルドはライラ夫人と顔見知りだったし、娼館送りにしたイリアスはもちろん存在を知っていたのだろう。

「ここにいる旦那様のお相手をする娘達は皆家にいられなくなった貴族の子女達ばかり。

揉め事を起こさず、この部屋からはなるべく出ないこと、それから石鹸などの必需品に関しては全てキャリアに言いなさい。着るもの以外はキャリアが全て届けてくれるわ。ドレスや宝飾類に関してはここに通われる旦那様から頂戴なさい」

貴族専門の娼館。高級な石鹸を必需品として頼んでもいいのは流石《さすが》というべきか。

「どうして旦那様からなんですか？　家から持ってきてはダメなんでしょうか？」

「ダメよ。だって必需品は手に入る、着るものも実家から送られてくるとなれば、旦那様のお相手なんてしたくなくなるでしょう？　あなた達貴族に生まれた女は皆着飾るのが当然のはず。だからこそ旦那様に貢いでもらえるよう頑張れるんじゃない」

確かにライラ夫人の言っていることは当たっている。

貴族に生まれた女は皆、子供の頃からいかに着飾ることが大事かを刷り込まれている。貴族の娘という矜持《きょうじ》に縛られ、必死になって旦那様におねだりをするのだろう。

「汚いシステムね」

私は気に食わなくて思わずボソリと呟《つぶや》いた。

「それで旦那様がお金を落として経済を回すのだからよいのではなくて？」

私の呟《つぶや》きを耳聡《みみざと》く聞いたライラ夫人は勝気に言い返した。

目の前に座るライラ夫人に言い返せなくてつい睨《にら》みつけてしまう。

この目の前にいる夫人は、見たところ四十もいっていないように見える。ドレスから今にもこぼれ落ちそうな胸はしっとりとしていて年齢を感じさせない。

同じ女のはずなのに、なぜか彼女はここに来る旦那様達の味方のような口ぶりだ。

まぁ、お金を落としてくれればこのライラ夫人に入るお金も増えるからだろうし、経営者としては当たり前なのかもしれない。

「噂は耳にしていたけれど、実際はそこまで傲慢なお嬢様じゃなくてよかったわ。これからよろしくね。ミレイナ」

こんなところまで私の噂は広まっているのかと内心辟易《へきえき》しながら、ライラ夫人に微笑み返した。

「とりあえず今説明した分はこの書類に全て綴っているわ。目を通してここにサインを頂戴。旦那様が来るから早く用意しないといけないの、さっさとサインして」

ライラ夫人の言葉に、昨日のイリアスを思い出し頬に熱が溜まる。

少しでもお手入れに時間をかけたい。私は書類を簡単に流し読みしてからサインをした。

「フフッ。じゃあ旦那様が来るまでゆっくり丁寧にお手入れしなさいな」

書類を手にしたライラ夫人が笑顔で言う。一瞬もっとちゃんと読めばよかったかと思ったけれど、イリアスのことで頭がいっぱいになってすぐに気を逸らした。

ライラ夫人が退室した後、慌てて浴室に駆け込んだ。

昨日初めてを経験したばかりでまだアソコがヒリヒリと痛む。

本当なら今日はしたくない。だけどもう来てくれないと思っていたイリアスが来てくれるなんてこんなに嬉しいことはない。

嬉しくて慣れない手つきで念入りに体を洗い上げていった。

そうして時を待たずしてイリアスが私の部屋に訪れる。

早すぎるイリアスの訪問に、どうしようかとおろおろした。

「ミレイナ、そんな姿でうろつくな。ここが娼館だとわかっているのか？　客が来たらすぐにベッドに押し倒されるぞ」

「いえ、あの髪の毛がうまく拭けなくてッ、それで……というかイリアス様、随分お早いのね」

そう言う間にも髪から滴がポタポタと胸の隙間に落ちる。

イリアスは私の持っていたタオルを奪うと強引に私の頭を拭き出した。

イリアスは黙々と無骨な手で私の髪を拭きあげる。巻いていない髪は乱暴に拭かれてもサラサラに保ったまま。

私はそんなイリアスを下から覗き込む。

イリアスは口をへの字にして、何かを堪《こら》えるように無言で拭く。嫌ならしなければいいのに。

しっかり拭き終えると、私をソファに座らせ、彼もまたその隣に座る。

「もうそろそろ懲りただろ。いい加減、一言謝ればこのまま連れて帰ってもいいぞ」

イリアスが単刀直入にはっきりと私に言う。

そして隣に座る私の反応を窺ってくる。

ここまで言えば泣きついて一緒に帰ると言うと思っているのだろう。

返事を待っているイリアスに私は下を向いて肩を震わせた。

イリアスが私に触れようとした時――

「どうして私が謝らないといけないんですの？　反省はもちろんしております。ですのでここで償うって昨日言いましたわよね。私」

ギュンと勢いよく横に向いて、片眉を吊り上げながら言った。

彼は失念していたのだろう。私が、ドがつくほどの負けず嫌いだということを。

私はイリアスの上から目線の態度に怒りが爆発しそうだった。

連れて帰ってもいいぞ、ですって？

一言謝れば、ですって？

どうして私がイリアスに謝らないといけないの！　謝るならピンク頭にですわ！

ええ、確かに今までの行いを、悔い改めてイリアスに謝罪をするのは当たり前。

当たり前でも、謝れと上からの物言いは私の矜持《きょうじ》が許さなかった。

前世の記憶が蘇り己の性格を見直しはしたが、十数年ミレイナとしてやってきた性格はそう簡単には変えられない。

己がしたことは悪いことだとも、自分の性格が傲慢で負けず嫌いなことも、重々承知だ。

それでもふとした瞬間に、私は今までのミレイナ・ルーティアスに戻ってしまう。

分別がつくようになっただけで私はミレイナ・ルーティアスなのだ。

「私は帰りません。昨日から娼婦になりました。私は絶対に帰りませんからね！」

フンッと腰に手を当ててイリアスから顔を背ける。

威張っているが格好はバスタオル一枚体に巻き付けているだけ。

何も返答がないのでチラリとイリアスを見やれば、こちらを見ずに俯《うつむ》いていた。体が少しだけ小刻みに震えている。

その時になって初めて少し冷静さを取り戻した。

イリアスの提案通りこのまま帰って、これまでの行いを悔い改めた方がいいのでは。

もちろん反省はきちんとするし、今までいじめてきた彼女達にちゃんと罪を償う。

そうすれば体を売らなくていいではないか。

そう思ってイリアスに話しかけようとした瞬間、彼が突然立ち上がる。

驚いて目を見開きながら見上げていたら、彼は俯《うつむ》いたままこちらに向き、そのまま私の腰に手を回して抱き上げる。

「イ、イリアス様⁇」

イリアスは私を抱きかかえてツカツカと歩き出す。

どこに行くのか不安になって後ろを振り向けば、あのイヤラシイ天蓋付きのベッドが目に入る。抵抗する間もなくベッドに放り投げられた。

怖くなって目を強く瞑《つぶ》る。

沈黙に恐る恐る目を開ければ、案の定イリアスが覆いかぶさってきた。

「そんなに娼婦になりたいなら、望み通り娼婦として扱ってやる」

「イリアスさまっ、申し訳ありませんっ。イリアスさまの言う通りにッン」

最後まで言わせてもらえずイリアスの熱い唇に口を塞がれてしまう。

「フッん。ンンッアッ」

イリアスの激しい口づけにくぐもった声が漏れる。

何度も角度を変えては深く口づけられてどんどん呼吸が乱れていく。

イリアスは抵抗する私の手を片手で頭上に一纏《まと》めにして空いた手で太腿に触れた。

びくりと体が震える。

彼はそのまま膝裏を持つと強引に私の片足を広げた。バスタオル一枚だった私のソコは外気に晒《さら》される。

目を大きく見開き足を離してほしくて身じろぐも、イリアスはすぐさま足の間に体を収めて足を閉じられなくする。

イリアスの指が私のソコに触れる。自分でわかるほど蜜が溢れていた。

たっぷりとその蜜を纏《まと》ってすぐに指を中に入れられる。しかし指が入った瞬間に痛みが走り、その痛さに涙が出てきた。

それもそのはず、昨日初めて処女を失ったばかりだ。

そのせいで私のソコはまだ回復してはいなかった。

抜き差しされるたびに痛みが伴ってだんだん恐怖が湧いてくる。

イリアスはそのことに気づかず唇を離す。

「ふん。流石《さすが》娼婦、もう濡れて……ミレイナ？」

イリアスが顔を上げて馬鹿にしたように言った時、私の涙腺は崩壊した。

「ふぇ、ふっふぇぇーん」

どれだけ傲慢チキで高飛車で負けず嫌いでも、突然の婚約破棄から娼館行き。そして未来への不安に対して、気丈に振る舞っていたけれどもう限界だ。痛みと共に気持ちが爆発してついに声を出して泣き出した。

「ミッ、ミレイナ⁉」

驚いたイリアスはすぐに拘束していた手を離して私の頬に触れた。

自由になった手で彼の手を払いのける。

「うわぁあん！」

両手で顔を隠しながら声を出しながら泣きじゃくった。

イリアスは慌てて私を抱き起こすと、背中を優しく撫でながら私に何度も謝った。

「すまない。痛かったよな？　悪かった。昨日失ったばかりなのに、すまないミレイナ」

確かに泣くきっかけは痛みだった。

けれどそこから感情が一気に爆発して、止められなくなったのだ。

ヒクヒクと肩を揺らしながら泣きじゃくる。抱きしめたイリアスのシャツが涙で濡れていく。

「イリアス様なんて大っ嫌い！　婚約破棄したくせに！　ひどいわっ！　イリアス様な

んてッ、イリアス様なんてッ」

自分が悪いのだと納得していたが、イリアスに婚約破棄されて内心は相当傷ついていた。

幼い頃から後を追いかけ回すほどずっとずっとイリアスが大好きだった。

どれだけ自分が悪かろうと、好きな人からの婚約破棄は想像以上に堪《こた》えるものがある。

それなのに婚約破棄した本人がここまで押しかけてきて（同意ではあるが）私の処女を奪った。

いっそ乱暴にされたら諦めもついたのに優しく抱かれた。あれが最後の別れかと思えばこうやってまたやってくる。

どうして婚約破棄なんかしたの？　私が嫌いなんでしょう。あのピンク頭のことを好きになるくせに。

ヒロインとイチャイチャ生活を送るくせに。

頭がぐちゃぐちゃで、ただただイリアスの胸に頬を寄せて泣きながらいろんなことを思った。

この男がムカつく。

どうして物語のメインヒーローなのだ。そのくせにヒロイン以外とエッチするなんて。

私を捨てるならこうやって優しく背中を撫でるな。

私はとことん泣きながら、今のイリアスと未来のイリアスを心の中で罵《ののし》った。

「大嫌いよ。私にこんなことしてっ。あなたなんか大っ嫌い……。大嫌いなのにっ」

嫌い嫌いと何度もイリアスにぶつける。

それでも私は、イリアスの胸に手を当てながら彼の腕の中で泣き続けた。

イリアスはそんな私を優しくそっと抱きしめ、私が泣き止むのをいつまでも待ってくれた。

◇◇◇

よほどミレイナは溜めていたのか、泣き止む頃には子供のように疲れて眠ってしまった。

俺はミレイナの涙の跡が残った目尻を優しく親指で拭う。彼女の寝顔は幼い頃のままで心が痛んだ。

俺が着てきた上着をミレイナに着せたが、上着だけでは足が丸見えだ。

スヤスヤと泣き疲れて眠るミレイナの頭を撫でながら思案する。

「このまま連れて帰るか」

ミレイナをシーツに包み抱きかかえ、部屋を後にした。

「あら、どこに行かれるのです？」

ミレイナをかかえて娼館ルージュから出ようとしたら、ライラ夫人に捕まった。

「ミレイナはもう充分反省したようだ。このまま連れて帰る」

「あら、旦那様。そんなことされては困りますわ」

ライラ夫人が扇を開いて口元を隠し目元だけでニヤリと笑う。

「困るだと？」

ライラ夫人の発言に、イリアスの眉間にシワが寄る。

「ええ。すでにミレイナはうちの大事な商品ですわ。連れて帰ると言うのならば、しっかり身請け金を払っていただかないと」

「数日の間だけここに置かせてもらうという約束のはずだったが？」

「あらっ。私の聞き間違いだったのかしら？　ごめんなさい、てっきり商品かと思いましして」

商品という言葉に不快感を覚えたが、何も言わずライラ夫人の横を通り過ぎようとした。

「……どいてくれないか？」

その俺に臆せずライラ夫人は道を塞ぐ。

「もうミレイナとは契約いたしました。きちんと守ってもらわないと困りますわ」

「契約だと？」

ライラ夫人は持っていた書類を俺に渡す。

すぐさまその書類に目を通した。

そこには娼館ルージュでの雇用と身請け金の金額が書かれていた。

「なんだ、この金額は!?」

その書類に書かれていた金額を見て思わずライラ夫人に怒鳴った。

「ミレイナは公爵家の元ご令嬢で王子の婚約者だった方。それに見合う金額を提示したまで。そちらを払っていただけない限り、ミレイナを連れ帰ることは許しません」

書類に書かれた金額は城がひとつ買えるほどで、下手をすれば小国など潰れてしまうくらい高額だった。

「ふざけるな。こんなものは無効だ。そもそもミレイナに契約させるつもりはないと言ったはずだ」

怒りを顕《あら》わにしてライラ夫人を睨《にら》みながら言った。

「そんなに睨《にら》まないでくださいませ。確かに契約したのはこちらのミス。しかしながらこちらの書類はすでに王城に提出済みの控えでございます。今更無効になどできません」

はぁ、とわざとらしくため息をつき、なおも扇で口元を隠しながら、ライラ夫人は断固として立ち塞がる。

「すでに提出しただと⁉」

「そうですの。だから契約破棄するのであれば、王妃様に直接お話しくださいませ。しかしそれまではこちらのルールに則り、ミレイナは置いてお帰りくださるかしら？」

娼館ルージュの管理は王妃直轄。

王や王子に任せないのは、ルージュに雇われている娼婦を万が一にでも王族が身請けしないためだ。だから女性である王妃がルージュを管轄していた。王族は娼館にいる令嬢達の身請けを禁止されているのだ。

それを聞いて俺は抱きかかえていたミレイナをさらに強く抱きしめる。

腕の中でスヤスヤと寝息を立てながら眠るミレイナ。どうしたものかと考えあぐねる。

俺は王と側妃との子であり、第二王子だ。王妃とは折り合いが悪い。

娼館ルージュの管理を代々王妃が管理していたことは知っていたし、今も王妃が管理していることもわかっていた。

だからこそライラ夫人には二、三日置くだけの趣旨を何度も念押ししたはずだった。

ここで考えていても仕方ない。小さくため息をつく。

「わかった、すぐに王妃に掛け合おう。ソル。王妃に連絡してくれ」

後ろに控えていた護衛のソルが一礼をしてすぐさま娼館ルージュを後にした。

それを見送った後、ライラ夫人に再び目を向ける。

「しばらくミレイナは預かってもらうが、決して客はとらせるな。彼女は俺の大事な婚約者だ。いいな」

ライラ夫人はただにっこりと笑うだけで何も答えない。

「いいな？」

俺は低い声でもう一度念押ししてからミレイナをかかえて部屋へと戻った。

「すまない。俺の考えが甘かった」

ゆっくりとミレイナを起こさないようにベッドに横たえる。

額の髪の毛を優しく払ってキスを落とした。

「すぐに迎えに来るから待っていろ」

明日にでも王妃に契約破棄を承諾してもらい、すぐに連れ帰ろう。

王妃が簡単に承諾してくれるか不安だが致し方ない。細心の注意を払おう。

厄介なことになったが、俺は決意を新たにして部屋を後にした。

◇◇◇

あれから一週間が経った。

「……今日も来られたのですか？　イリアス王子殿下」

にっこりと微笑むのは相も変わらずイリアス・ストロサンド。

眩《まばゆ》いほどのプラチナブロンドを後ろに撫で付けて金色の瞳は、今は微笑みで細められている。

「あぁ。今日も来てやったぞ？」

その笑顔を見ても、もはやはぁと間抜けな返答しかできなかった。

私が大泣きをしてから一週間が過ぎたのだが、なんとこの一週間ずっと、イリアスが私を買ってくれていた。

毎日足繁く通う殿下に、初めの頃は嬉しくて嬉しくて、柄にもなく泣いてしまったが……一週間もすればまた来たのかよ、と呆れてしまう。

いや、今まで蔑ろにされていたことを考えれば、この一週間は本当に幸せだった。

性行為はルージュに入れられた日以来一切しておらず、この一週間は一緒にただ話をしているだけだ。

夕方頃、おそらく一番乗りでイリアスはやってくる。そのままキャリアが運んだ食事を一緒に取って（もちろん殿下の分はちゃんと毒味をされている）、他愛もない話をしてから一緒にベッドに入って寝る。そして朝になる前に彼はお城に帰っていく。それの繰り返しだ。

うん、何が言いたいかと言うと……これって新婚じゃない？

「おい。急に顔を赤くしてなんだ？」

イリアスの顔を見ながら顔を赤くしたら訝《いぶか》られた。

今はベッドで二人並んで横になっている。しかもちゃっかり腕枕までされて。思わず両手で顔を覆いながら、これまたどさくさに紛れてイリアスの胸に顔を埋める。

イリアスの使っている香水の香りが鼻腔をくすぐり、なんだかとっても安心する。

「……幸せ噛みしめているのよ」

思わず本音がこぼれた。

「娼館で幸せなんか噛みしめるな」

そう言いながらもイリアスもまたしっかりと私を抱きしめてくれる。

ほんの少し前まで煙たがられていたのに、本当人生何が起きるかわからない。

今のイリアスは、口調は悪いけれど態度はドロドロに甘い。それに応えるように私もまた自然と素直になれた。

ああ。ここが娼館でなければいいのに。

「……ここが私の今のお家ですから」

私の言葉にイリアスの返答はなかった。

その代わりに強く抱きしめられる。

「しっかり反省すればいい」

はいと返事を返して、私はゆっくり瞼を閉じた。

あの大泣きをした次の日の夕方、イリアスは再びこのルージュへとやってきた。

部屋に入ってきた彼は、なんだか困った顔をしていた。どうしたのかしつこく聞いても教えてくれなかった。

だけど彼は「まぁしばらくお前はここで反省しろ」と言って私を優しく抱きしめた。

わかっているわよと言い返そうとしたけれど、彼の腕の中が思ったよりも心地よくて素直にコクリと頷《うなず》いていた。

それから今日までずっとイリアスだけと過ごしている。

いつこの関係が終わるのかわからない。イリアスに新しい婚約者が決まるのはきっとすぐだ。今頃は婚約者候補争いが勃発しているだろう。彼の隣に並び立つのは誰なのだろう——そう考えてからピンク頭の女を思い出す。

きっとティアラが彼の横に並び立つのだろう。

途中退場……いやシナリオ冒頭で退場させられた私は、今ゲームがどのあたりなのかわからない。

たった一週間だからおそらく何も変化はないだろう。

だけど日が経つにつれ、きっと好感度を上げたティアラがイリアスの横に立つ。

目を瞑《つぶ》っているイリアスを下からこっそりと覗く。下からこうやって覗いても、なんら変わりない綺麗な顔。今は目を瞑《つぶ》っていてキラキラ輝く瞳が見えない。

この殿下はゲーム通り、私に対して恋心はないものの、幼馴染を断罪したことを悲しんでいるのだろうか？

この一週間彼と夜を共に過ごしているけれど、彼にそんな素振りはなかった。

むしろ今まで素っ気ない態度しか見たことがないから、こんなに笑顔で話すのだと私はここに来て初めて知った。

ゲームではイリアスが娼館に足繁く通っているなんてどこにもなかった。そんな娼館に入りびたる男を、メインヒーローに選ぶわけないか。

　イリアスの綺麗な形の顎をじっと見る。

　なぜだか急に何も考えられなくなって、私は彼の腕の中から少しだけせり出し、イリアスの顎にチュッとキスをした。

　キスをした瞬間、ハッとして慌てて顔を反らす。

「バカ。キスするならここだ」

　下を向こうとした私の顎が持ち上げられる。上を向くと、イリアスの柔らかい唇が私の唇にやんわりと触れた。

　チュッチュッと角度を変えて触れるだけのキスをする。

　そんな可愛いキスをするだけでも私の心臓はドキドキした。

　強く抱きしめられてベッドの中で何度も何度も唇を合わせる。

　イリアスの舌がチョンチョンと私の唇をつついたので、口を開けてイリアスの舌を招いた。

　最初は舌同士を軽くつつき合わせていたけれど、次第にどちらともなく絡ませ合う。

　クチュリクチュリと音をさせながら、深いキスを堪能した。

　腰に置かれていた手が徐々に上に上がってきて乳房をやわやわと揉む。優しい動作はとても心地がよい。

唇が離れると二人の間に銀の糸が引いた。

イリアスに耳朶《みみたぶ》をカプリと含まれ舐《な》められる。

「あッ。ン」

我慢できずに声が漏れる。

「耳が好きか？」

イリアスの低い声が直に耳に届き、それだけでじんわりと股の間が湿ってくる。

「フフッ、足。擦り合わせているぞ」

イリアスが優しく笑う。チュと耳にキスをされて、足をイヤラシイ手つきで触られる。

「耳はッ、ダメッ。アッひゃあ」

恥ずかしがりながらそう言うと、途端に耳の中を熱い舌に舐《な》められた。

体がゾクゾクする。

「可愛いミレイナ」

チュッと触れるだけのキスをくれてから、イリアスはゆっくりと私の夜着を脱がしていく。

通い出してから四日目、イリアスは大量のドレスと下着、それから夜着をかかえてやってきた。私が唖然としている横で連れてきた侍女達にこの部屋のクロゼットに運ぶように指示を出した。

「この下着、よく似合っている」

イリアスは恍惚とした瞳で私の下着姿をじっと見つめる。

今日はイリアスが持ってきたピンク色のキャミソールで裾部分にレースがあしらわれている。もちろん生地は透けるほど薄く、初めてここに来て着せられた下着よりも胸の先端は完全に見えている。ショーツも同じ素材で、こちらもレースが誂えられているが、大事なところはバッチリ透けて見える。

「イリアス様ってこんな下着が趣味なんですか？」

恥ずかしさにプルプルと震えた。恥ずかしがりながら睨《にら》みつけてもなんの効果もないことは私でもわかるが、睨《にら》みつけたくもなる。

案の定、イリアスには全く通用せず、意地悪い笑みを浮かべられるだけだ。

「俺もまさかこんな下着に燃えるとは思わなかった」

そう言ってすでに立ち上がっている私の乳首を人差し指でピンと弾く。

びくりと反応してしまうのは敏感である証拠だ。

「淫乱もすごく気に入ったみたいだな」

「どへんたい」

「なんとでも言え淫乱」

実際私は感じやすいようで、言い返せずぷいと横を向けば、待ってましたと言わんばかりに首筋に舌を這わされる。

同時に親指と人差し指で乳首を捏《こ》ねられると、再び官能的な気持ちになる。

舌がゆっくりと下りていき、乳首をねっとりゆっくりと舐《な》められ、体がビクビク震えた。

決して焦らされているわけではない。

時間をかけて官能の波に乗せられていく感じは、同時に幸福感も与えてくれる。

ゆっくりだけど気持ちいい。

足の間をイリアスの手が触れると、すでにショーツがグッチョリと濡れていた。

「まだ触れてないのに糸を引いているぞ」

「やだ。言わないで」

私の足を広げて優しくアソコに触れる。ヌルヌルした滑りを潤滑油代わりに、ショー

ツの横からゆっくり指を蜜壺の中に沈めていく。

セックスをするのは今日で二回目だ。

一週間前にイリアスに抱かれて処女を失った次の日の痛みを思い出した。

そのせいか少しだけ体が強張《こわば》ってしまう。

「痛いか？」

イリアスは私の額にキスをしてから耳元で聞いてくる。

指はゆっくりと中に入っては出て入っては出てを繰り返していく。

「ううん。大丈夫ッン、あぁ。痛くないわッ」

まだ少しだけ異物感があるものの、すぐに気持ち良くなってくる。

「ぁあっ、アッん。はぁあッ」

ゆっくりゆっくり出し入れされて空いた手で小さな蕾に触れられる。気持ち良くて中の指を知らずに締め付けた。

「ンンッ。あぁあ。あん。アッアッ」

指の動作が次第に速くなって私の声もまた大胆になっていく。

「イリアスッ、ダメッだめッ。あッあぁ！」

官能の波がどんどん押し寄せてくる。イリアスが反対の手で小さな蕾をキュッと摘み、私は呆気なく達した。

「ぁッあぁッあああ！　ンーッ」

「ミレイナ」

私が達して放心状態になっている隙に、イリアスはトラウザーズを寛《くつろ》げ、自身を取り出した。

お臍《へそ》に向かってそそり立つ猛々しいまでの赤黒いソレに目が釘付けになる。

「そんなに見つめるな」

ほんのりと頬を朱に染めながらイリアスはゆっくりと近づき、私の蜜壷に自身をあてがう。

両手を伸ばしてイリアスの首に回す。

イリアスは膝をかかえて、私の中にゆっくり入ってくる。

「ン……」

少しだけ痛みはあったけれどイリアスの剛力はすんなりと奥に到達する。

「はぁッ」

耳元でイリアスが何かを耐えるように吐息を漏らした。その吐息でゾクゾクと体が震える。

「バカッ、入れただけで締めるなッ」

「だってッ、耳元でッ、話すかッあぁッんッんぁアッ」

話が終わらないうちからイリアスがゆっくりと腰を動かし始めてしまった。私は嬌声をあげるだけになる。

　グチュグチュグチャ。

　イヤラシイ音が二人を繋ぐ部分から聞こえる。今日の私はそのイヤラシイ音だけで感じてさらにアソコを締め付けてしまう。

「ミレイナッ」

「ああんッ。ぁあ！　イリアスさまッああんッ。んあぁ」

　ギュッと二人抱き合いながら、激しい抽送にだんだんとまた快感の波が押し寄せてくる。

「イリアスさまッあぁ。私ッんあッ私ッもうッ！」

「あぁ、ミレイナッ、俺も、俺ももうッ、一緒にイクぞッ」

　うんうんと頷《うなず》き、さらに速度を増した抽送に必死についていこうとイリアスの背中をギュッと掴む。

　そして何度目かの抽送で私とイリアスは同時に達した。

「あぁッあああぁーッ」

「ッツ！　くッ！」

　強く抱きしめ合い、私の深いところで彼は欲望を解き放った。

イリアスはドサリと私の上に倒れ込むと二人ではぁはぁと荒い呼吸を繰り返す。

イリアスの背中をギュッと抱きしめるとイリアスもまた私を抱きしめてくれる。

「イリアス様」

うっとりと余韻に浸っていると、まだ抜かれていないイリアスの分身がムクリと強度を増していく。

私は素早くイリアスの怒張の変化に気づいて、動き始めようとするイリアスを見上げる。

「すまない。もう一回付き合え」

さっきまで一緒に荒い呼吸を繰り返していたのに、イリアスはもう呼吸を整えたようだ。感心していると途端に中に入っていたイリアスのソレがゆるゆると動き出していく。

私はイリアスの早期回復に驚く間もなくまた官能の渦へと呑み込まれていく。

「あぁっあああっんー」

「あぁッもうっイクッ！　あぁぁ！　あああっ！　あー」

激しい腰使いに抗えずに達してしまえばそれに後を追うように彼もまた達してしまう。

流石《さすが》に元令嬢である私は二回戦目で疲れ果てていた。

得もいえぬ快感は気持ちいいのだが、連続で行えるほどの体力は持ち合わせていない。

はぁはぁと呼吸を繰り返してベッドに横たわっていればまた中に入っているイリアスのソレが硬くなっていく。

私は呼吸も整わないまま顔が真っ青になっていく。

「イッイリアスさま……？」

「すまないミレイナ。顎なんか可愛いところにキスをしたお前の責任だ。今日は止めてやれない。もう少し付き合ってくれ」

にっこりと微笑むその笑顔に、言いようのない不安がよぎる。

ゆるゆると頭を横に振っても、イリアスの腕を強く掴んでも、にっこりと微笑んだイリアスは私の息が整ったところで、再び動き出してしまい呆気なく三回戦に突入してしまうのであった。

「もっ、無理よ。無理。無理だわッ」

ぜぇぜぇはぁはぁと肩で息をしながら、五回戦に突入しようとしたところで慌ててイリアスに懇願した。

「なんだ。もう限界か？　体力がなさすぎるのではないか」

イリアスが不満げに口を尖らせながら言う。

普段ならその貴重な表情をいろんな角度から拝みたいところだが、そんな体力は全く残っていなかった。

「一緒にしないでくださいませッ。はぁはぁッ」

ギッと睨《にら》みつけてもイリアスに効果はないようだ。

「そんな顔して誘うからいけないんだろ？」

また胸に触れようとするのを慌てて逃れ、私は気力でイリアスから自分の体を守る。

「今日はッもうおしまいですッ」

イリアスはチッと舌打ちをして諦めきれなさそうな顔をしてわかったと言った。

「仕方ない。今日のところはこれで勘弁してやるか」

「いえッ、これからもほどほどにお願いしまっ――」

「ん？」

「……なんでもないですわ」

イリアスは私の言葉を意地悪い笑みで遮《さえぎ》る。

「しかしもうこんな時間か。これからだとあまり寝る時間がないな。キャリアも寝ているだろうから、ちょっと待っておけ」

イリアスは掛け時計を確認してそう言うと立ち上がり、浴室へと向かった。

その足取りは軽く、あれだけしておきながらまだまだ余裕があるのかと、呆気にとられる。

すぐに戻ってきたイリアスの手には、たっぷりのお湯が入った桶とバスタオルがあった。

ベッドに腰を下ろすとお湯につけて絞ったタオルで私の体を甲斐甲斐しく拭いていく。

私はそれを黙って受け入れる。

王子である彼にこんなことをさせるなんて、ちょっと前までは考えもつかなかった。

あれだけ嫌われていたのが嘘のようだ。本当はイリアスに好かれている気さえするから、逆に少しだけ不安を覚える。

ただの性欲のはけ口ではないよね？

そんなことをチラリと考えてからフルフルと頭を振って考えを飛散させる。

「どうした？」

「なんでもないわ」

訝《いぶか》しむ声で聞かれてもイリアスに何も言おうとはしなかった。

時々イリアスの手が不埒に動くのでキッと睨《にら》みつけると、悪かったと言って苦笑いを浮かべた。イリアスも自分を拭ききると二人してベッドに横になる。

「少しだけでも寝るか」

そう言って私を抱きしめるイリアスと共に眠りについた。

そしてイリアスは今日もまた日の出前に娼館ルージュを後にした。

流石《さすが》の私もぐっすりと眠っていたから、イリアスがいつ帰っていったのかわからない。

何時間も泥のように眠り続けた。

起きた頃にはすでに夕方でイリアスがソファに寛《くつろ》いで待っていた。

「起きたか？」

私の身じろぐ音で気づいたイリアスはベッドまで近づき、横に腰を落として私の頬に触れる。

「ええ。今は何時なのかしら？」

「もう夕方だ。いつまで寝ているんだ」

イリアスの言葉にガバリと起き上がる。

「私、そんなに眠り続けていたの？」

「ああ。おかげでお前の寝顔をバッチリ拝めたぞ」

「まぁ！　淑女の寝顔を盗み見るなんて紳士としてありえませんわ！」

プリプリと怒るとイリアスはフフフと笑う。

ここ最近はこんなふうに軽口を言い合えるほどまで関係が良好になった。

「お腹がすいているだろ？　キャリアを呼ぶから食事にしよう」

イリアスの言葉に頷《うなず》きベッドから出ようとしたが、足が言うことをきかず、ペタリとその場にしゃがみ込む。

「あら？」

イリアスが振り返り近寄ってくる。

「昨日はやはりやりすぎたな、負担をかけてすまない。よし、行くぞ」

イリアスは苦笑いを浮かべ、立ち上がれない私を抱いてソファまで連れていく。

膝の上に乗せられたまま、キャリアを呼ばれて食事が運び込まれる。

キャリアは何も言わなかったが、まだ幼い彼女に見られることが恥ずかしくてたまらなかった。

「ほら、食べろ」

「私は赤子ではございませんわっ！」

キャリアが持ってきたスプーンをイリアスに取り上げられ、嫌な予感がした。案の定イリアスはあーんと迫った。

恥ずかしさのあまりイリアスに悪態をつく。

「いいから。ほら、食べろ」

イリアスはかなり傲慢な口調だ。

じっと睨《にら》んでも口元にあるスプーンをどかすことはない。

観念して目を瞑《つぶ》り、勢いよくスプーンをパクリと口に含んだ。

モグモグと口を動かす私を見てイリアスはふふっと吹き出す。

わがままな子猫に餌付けでもしている気分なのかしら？

イリアスがいつまでも笑いながら私に食べさせるものだから、羞恥に不機嫌になりながらも、黙々と目の前にある食事を平らげた。

第三章　ご指名されたら断れません！

「はぁ」

ティーカップを持ち上げたまま、何度目かわからないため息をつく。

「ミレイナ様。ため息をつかれると幸せが逃げてしまいますよ」

「わかっているわ。でも今ちょうど、その幸せが逃げていっているところなのよ」

そう言ってまたもため息をつく。

その理由はもちろん、イリアスが原因だ。

イリアスが私の元に通い始めて、はや一か月が過ぎていた。この間は一度たりとも姿を現さない日はなかった。

それが二日前から急に訪問が途絶えてしまったのだ。今日来なければ三日目になる。

たかが三日だ。

イリアスは私の婚約者ではないから、必ず来ないといけない義理はない。

わかっているけれど、どうしてもため息をついてしまう。

ルージュに来るまでは毎日城に突撃していた私にとって、三日も彼に会わないなんて極めて珍しいことだ。

公務で地方領の視察に行き、会えなかったことはあるものの、大抵は城で執務するイリアスに私は毎日会いに押しかけていた。

だから三日も会えなくなるとソワソワする。

「娼婦になって初めて窮屈だと思ったわ」

一歩も外に出られないからこっそりとイリアスを覗きに行くこともできない。

そう思ってからハッとする。

反省と借金返済のためにここに来たのに、思えばここに来てからずっとイリアスと一緒にいた。むしろご褒美のような生活だ。

煩わしいイリアスに群がる女達や彼の地位に言い寄るご令嬢達を見なくて済むようになったし、イリアスに邪険にされるどころか構い倒してもらっていた。

「私、返済できているのかしら」

急に立ち上がる私をキャリアは驚いて見上げる。

「ミレイナ様!?」

驚くキャリアが目に留まり、淑女にあるまじき行動をしたことを恥じてストンとソファに座り、コホンとひとつ咳払いをする。

この一月《ひとつき》幸せな生活を送っていてすっかり忘れていた。

イリアスはやっぱりお金を払って私と共に過ごしているのだろうか?

「ミレイナ様、おかわりお淹《い》れしますね」

キャリアの好意に甘えて空になったカップを差し出す。

「ありがとう」

一口含むと紅茶の香りが口いっぱいに広がり、幾分か気持ちが落ち着く。

ティーカップを置き、私は顎に手を当てて考える。

そもそも、反省をしなければならない。

考えてはいるが、どうすれば反省することになるのだろうか。

これまでの行いを悔い改めて、これからは令嬢達をいじめない。

だけどここにいれば令嬢達をいじめないことを実際に証明できないのでは？

だってここにはその令嬢達はいないのだから。

元令嬢はいるけど皆娼婦だし、そもそも一月《ひとつき》近くここにいるのにキャリアとライラ夫人以外、使用人ですら会ったことがないのだ。

この部屋から一度も出ていないから当たり前なのだけど。

それに借金返済するならば、やっぱり客を多くとらないといけないのだろうか。

……嫌だ。イリアス以外の殿方の相手なんてやっぱりできない。

もうこの体は何度もイリアスを受け入れた。仕事は関係なく、心の底からイリアスを求めた結果だから、他の人を受け入れる覚悟がなくなっている。

そんなことではこれから先、この娼館でやっていけない。

……体は明け渡しても心はイリアスだけ。

そう思いながらやっていくしかない。大丈夫、大丈夫。そう自分に言い聞かせた。

夕刻、湯あみを済ませてのんびり寛《くつろ》ぎながらソファに座っていた。

客が来ようが来まいが、必ずこの時間に湯あみをするというルールがある。新規の旦那様が突然来てもいいように、娼婦は皆準備をしていなければならないらしい。一見《いちげん》さんは基本お断りらしいけれどイレギュラーはあるみたい。

私も毎日湯あみを夕刻前に行っていた。

「ミレイナ、旦那様よ」

トントンとライラ夫人が扉の前で声をかけてきた。夫人の言葉に安心する。

イリアスが来てくれたんだ。

今日もイリアスは来ないのかと諦めていたから、喜んで立ち上がる。

いつもなら彼は勝手に扉を開けて入ってくるのだけど、今日はどうしたのかしら。

訝《いぶか》しみながらも足取りは軽かった。

まだ決意なんてできていなかったのだろう。

扉を開けた瞬間、絶望と不安が一気に押し寄せてきた。

この時初めて好きでもない男と寝ることに恐怖を抱いた。

「よぉ」

頬をポリポリとかきながら気まずそうに目線を逸らしている。燃えるようなその真っ赤な髪に、今は伏し目がちのルビーのように輝く紅の瞳の持ち主。

一か月前に私を断罪したうちの一人。

レックス・ブラウン。

「ミレイナ！　旦那様を部屋の前で足止めしてはダメ。早く中にお招きしなさい」

レックスの返答も聞かずにライラ夫人が部屋に入れろと促してくる。

「ど……してここ……に？」

私の体は震え出した。

これからどうしたらいいのか。彼を部屋の中に入れたら二人きりになってしまう。

立ちすくむ私に、業を煮やしたライラ夫人は大袈裟《おおげさ》にため息をつく。

「ミレイナ、忘れたのかい？　ちゃんと契約しただろ？」

ハッとして拳を強く握り、にっこりとレックスに向けて微笑む。

怖い。嫌。だめ。

震える脚を叱咤《しった》する。

大丈夫。話をするだけかもしれない。

レックスは微笑んだ私になぜか嫌な顔をして、一言も話さずに中へと入ってくる。

嫌な顔をするのなら来なければいいのに。

「じゃあミレイナ、後は頼んだよ。旦那様、ごゆるりと」

ニヤリと笑いながらライラ夫人は部屋の前から立ち去る。

耐えきれなくなって振り返ったが、無情にも扉が閉まった瞬間だった。

「…………」

「…………」

ち、ち、沈黙が痛い。

ソファに案内してから向かい合って座っているけれど、かれこれ数十分……

チラリとレックスを見やると渋い顔をしながら紅茶を飲んでいる。

もう、ほんとに嫌なら帰って。そう言いたいのを必死で呑み込む。

「ミレイナ・ルーティアス」

「はいっ！」

突然レックスに名前を呼ばれて面接官に名前を呼ばれた気分になる。私は慌てて姿勢を正す。

「？　……ほんとに娼婦になったんだな」

私が勢いよく返事したものだからレックスは少しだけ驚いたようだ。しかしすぐに持ち直し無表情のまま呟《つぶや》いた。

「……えっええ。そうよ」

レックスの強い視線に耐えきれなくなり、視線を逸らす。

レックスの瞳は目力が強い。全てを射抜かれるような気がして好きじゃない。

ただの脳筋のくせに私はこの瞳が昔から苦手だった。

『おい！　ミレイナ・ルーティアス！　イリアスの周りをうろちょろするな！』

イリアスに一目惚れして毎日登城した私の前に立ちはだかるのがレックスだった。

彼はイリアスの遊び相手として選ばれた近衛騎士団団長の子息である。レックスはイリアスを王子であっても名前で呼んでいた。

そもそもブラウン家は武に長けた家系だが、レックスの母である侯爵夫人は、現国王の妹君だ。レックスもまた王族と縁が近い。王位継承権はないものの、幼い頃からイリアスとレックスは仲が良かった。

故にゲームではレックスもティアラと血の繋がりがあり、いわゆる禁断の恋になる。

この国では従兄妹《いとこ》同士の婚姻は認められていないからね。

私の義兄《あに》であるアーレイと同じ歳でふたつ上。

年上だからと毎度偉そうに私を馬鹿にした。今では傲慢で高飛車な私も、幼い頃は年上であるアーレイやレックスには全く歯が立たなかった。特に力のあるレックスにはいつも力任せに押されて何度も転ばされた。

悔しくて、しょっちゅうレックスの姉二人に告げ口をしては仕返しした。

レックスの姉二人は私と同様、傲慢で高飛車だ。同じ気質のせいか、昔から彼の姉達には可愛がられた。

彼女達は昔からレックスをいじめるのが好きらしく、レックスは姉達が苦手だった。

そのことを知っていた私は事あるごとに彼女達に告げ口していたのだ。

そのたびにレックスは睨《にら》んだ。その目が苦手で、年齢を重ねてからもなんとなくレックスの瞳を直視するのを避けていた。

「フッ、いい気味だな。イリアスの周りをうろつくからそんなことになるんだ。そもそもお前はティアラ様に手を出したんだから、当然の報いだ」

ティアラ。

その名前を聞いて心臓がドクンと跳ねる。

今ゲームのシナリオはどこまで進んだのだろうか。もしかするとイリアスが来なくなったのはストーリーが進展したからなのでは？

不安でたまらなくなる。

このままイリアスはもう来ないのかも。

「ふんっ。あの女にだけは絶対謝らないわっ！」

あの時確かに私はティアラに頭からワインをかけた。

前世の記憶を取り戻してこれからいじめた人達にはもちろん反省と償いをするつもり。

だけどティアラにだけは謝りたいと思わない。

だってティアラはルーティアス家を馬鹿にしたんだから。

「お前っ！　ティアラ様に対して不敬だぞ！」

レックスは立ち上がると私の手首を掴んだ。

「謝れっ！」

「痛いわねっ！　離しなさいよ！　このだめ犬っ！」

手首を掴む力が強く、痛みに耐えかねて思わずレックスにそう叫んでいた。

「だめ犬だとっ⁉」

レックスをだめ犬と呼ぶのは彼の姉二人と私だけだ。それも幼かった頃だけ。

今はなるべくレックスを避けていたし、会ったとしても完全に無視していたから、こうやってレックスと対峙するのは実はかなり久しぶりだ。

「俺はだめ犬じゃない！　来いっ！」

「ちょっ、嫌っ！　嫌よっ！　離してっ！」

力任せに手首を引っ張られ、ベッドに連れていかれる。

レックスの行動にギョッとして彼の腕を振りほどこうとする。

けれども彼の力は強くて、私ではびくともしない。抵抗虚しく、あっさりベッドに投げ込まれて馬乗りされる。

「レックスやめなさい！　そこをどきなさいよっ！」

両手首を顔の横に縫い付けられる。

「本当いい気味だな。だめ犬の俺に押し倒されているんだから」

ニヤリとレックスは笑う。

「何よっ、だめ犬って認めるのね。ってどきなさいって！」

身をよじろうとしても近衛騎士であるレックスは全く動じない。彼の顔が近づき、慌てて顔を逸らす。

ペチャリと水音がしたと同時に生ぬるい感触が耳を支配する。

びくりと震えて体が固まる。思わず目尻に涙が溜まる。イリアス以外の前で泣くつもりはないのに。

「ふんっ、お前を相手するほど俺は落ちぶれてない。どうだ驚いただ……なんて顔しているんだよ……お前っ」

　レックスは体を起こして私の顔を覗き込んでくる。

　私は頬を熱くして覗き込んでくるレックスを睨《にら》みつける。キッと睨《にら》んだ先のレックスがなぜか同じように顔を真っ赤にさせていた。そして慌てて私の上からどこうとする。

「お前っ、なんだよっそれ！　そんな顔は反則だろっ」

　何やら一人ぶつくさと呟《つぶや》いているけれど、意味がわからない。とりあえずレックスがどいた隙に慌ててシーツをかき集めて距離を取る。

　バスローブ姿のままでは心許なくシーツで体を隠した。

　ふぅとひとつ深呼吸をする。

　少し落ち着きを取り戻しそそくさと涙を拭い、キッとレックスを睨《にら》みつける。

「さっさと帰りなさいよ」

「……お前もう……その……」

　私が帰れと言っているのに、レックスは無視してなぜか顔を赤くさせながら歯切れ悪くしどろもどろだ。

「何よ？」

　訝《いぶか》しみながらレックスを見ると、顔を赤くしたままで何も言わない。かと思えばチラチラと私を見てくる。

コホンと咳払いして、意を決したようにレックスは口を開いた。

「もうお前は純潔を失くしたのか？」

こちらをじっとり見てくるレックス。言われた言葉を理解した途端、私も頭に血が上った。

「なっ、なによ⁉　このばかっ‼」

枕を持ちレックスをめがけて何度も振り下ろす。

「いって！　やめろっ！」

「このばか！　脳筋！　だめ犬！」

ボフボフと頭めがけて枕を叩きつけると彼の整えられた真紅の短髪が乱れていく。

「おいっ！　いって！　おいっ！　おいって！」

私から枕を奪おうとして枕を引っ張る。

絶対に離すまいと私も引っ張った。彼に力任せに枕を掴まれ、バランスを崩して二人でベッドに倒れ込む。

「……もうお前は……」

真剣な顔で見下ろしてくるレックスに反抗していた手が止まる。

純潔をもらってくれたのはイリアスだ。そのことを思い出してますます顔が火照《ほて》る。

そんな私を真上から見ていたレックスの顔から表情がなくなった。

「どきなさい。レックス」

レックスは私の言葉を無視して視線を下に下げていく。

その視線が妖しいものに変わり、私は少しだけ身体が震える。

「……もうお前は娼婦だもんな」

何かをボソリと呟《つぶや》いた途端、レックスは私の首筋に顔を埋めた。

「レックス!?　なにっ!?　ふぁ」

レックスの肩を押して引き剥《は》がそうとしてもびくともしない。その間にぬるついた何かが首筋を這い、そこがひんやりとしてくる。

何かなんてすぐに理解する。それはレックスの熱い舌だ。ゾクリと身体が反応する。

「いやっ、レッ……ひゃぁ」

何度もレックスの舌が首筋を往復する。体が反応してビクビクしてしまう。

「おねがっ、やめてっ……んっ」

イリアスと幾度となく身体を繋げたせいで、少しの刺激だけで感じるようになった。

ジュンと下腹部が潤っていく。

相手はイリアスじゃない。彼以外に反応した自分に吃驚《びっくり》する。どうして。嫌だ。嫌だ。頭をフルフルと横に振り、もはや人に涙を見せないという矜持《きょうじ》も捨ててレックスに懇願した。

「お願いっ。レックス。お願い、もうやめて……」

レックスが首筋から顔を上げて私の顔を覗き込んでくる。

ポロポロと涙を流しながらレックスを見上げた。

「お願いよ。もうやめて」

これ以上されないよう、レックスに懇願する。

娼婦として反省を形として見せていくと決意した。ちゃんと借金返済も頑張ろう。心は自分のものだけれど体は明け渡せられる、そう思った。だからイリアス以外も受け入れるつもりだった。

でもいざ他の男に組み敷かれた瞬間、身体が震えた。

絶対にイリアス以外を受け入れたくない。

なのに自分の体は彼以外に反応している。

自分が浅ましい。妬ましい。後悔が募っていく。

イリアスが私を連れて帰ろうとしてくれたのに、反省するという建前で拒否した。ただ意地を張っただけだ。イリアスの言葉に負けず嫌いが出て彼の手を払いのけてしまった。

反省するなんて口だけだった。

ただイリアスに構ってほしかっただけかもしれない。

今更何を思ってももう遅い。でも無理だ。彼以外と寝たくない。イリアスがいつ来る
かはわからない。けれど次に彼が来たら泣いて縋《すが》ってでも連れて帰ってもらおう。

レックスの肩に置いていた手をどけて自分の顔を隠す。

レックスは意地悪だけど私が真剣に頼めばやめてくれる。犬猿の仲だけれど、レック
スが無体を働くなんて思っていない。

ただの悪ふざけだ。大丈夫。

自分に言い聞かせて幾分か安心してしまった。だから私はレックスが情欲を宿した瞳
で見ていたことに気づかなかった。

「もう遅い」

一言レックスが放った瞬間、私の両手首を掴んでベッドに縫い付けた。驚きに目を見
開く間もなくレックスは私の唇を奪った。

「んっんん！　んん！」

初めから容赦のない、噛み付くような口づけだ。必死に抗おうとするも、レックスの熱い舌で自分の意思とは裏腹に身体が反応していく。

「ふぁっ……んあっやっ！　やだっ」

塞がれた唇の隙間から抵抗の言葉を言いたいのに、激しいキスのせいで変な声が出る。

その間にレックスは素早く私の纏《まと》っているバスローブの紐を解《ほど》いていく。

その紐で器用に私の両手を頭上に纏《まと》め上げ、ベッドにくくりつけてからようやく唇を離した。

二人の間に銀色の糸が紡がれている。

「どっして、……」

「……俺はティアラ様が好きだ。お前はティアラ様の代わりに相手をすればいいんだ」

レックスは苦痛に眉根を寄せてそう言った。

好きという言葉を吐くにはあまりにも切ない表情。

同情しそうになるけれど、怒りも湧く。なんて自分勝手な男なんだろう。

最低だ。

「ふざけないでっ！」

ギリギリと腕を動かしても結ばれた紐は全く解《ほど》けそうにない。

「今だけ俺の相手をすればいい。お前はもう娼婦だろ？」

その言葉に私は気づかされる。

そうだ。どんなに足掻《あが》いても今自分は娼館ルージュにいて自分の部屋を設けている。

それは自分がここの娼婦だから。娼婦は殿方を慰めるのが仕事。

わかっている。わかっているけど……

覚悟もできないうちにレックスは行動を移していく。

顕《あら》わになった両胸を、円を描くように揉みしだかれる。

「いった！」

その手があまりにも強くて痛みに顔が歪む。レックスはハッとして勢いを弱めた。

どうしたって彼はやめてくれない。

そのことに絶望する。

あぁ。もう戻れない。

「イリアス……様」

思わずこぼれ出た声に、ぴくりとレックスが反応する。それでも彼はやめなかった。

「ふん。乳首硬くなっている」

グリグリと親指の腹で押されれば感じていなくても誰だって硬くなる。

せめて彼を視界から外そうと顔を背けても、胸への強すぎる刺激に顔は苦痛に歪んだ。

胸の愛撫も早々に彼はすぐに足の付け根に移動する。

「なんだ。全然濡れてねぇ」

乾ききったそこに指を突き入れられてことさら痛みが走り、再び涙が出そうになる。

「レックスッ、痛いわ……」

「わ、悪りぃ……初めてだからよくわからねぇ」

恐る恐るレックスを見やると、しゅんと頭を垂れている姿が目に映る。

「……」

ここに犬耳があれば間違いなく垂れ下がっているだろう。

「初めて……なの？」

思わず聞いた。

「親父達は年頃になれば閨《ねや》教育を受けにここに来たって言っていたけど……俺はそんなに性欲がない方だから初めて来た日に隙をついて逃げ出した。だから経験はない」

「じゃあ、なんで……」

「今日は騎士団の先輩に連れられてきただけだ。すぐ帰ろうと思ったが、夫人に無理やり通されたらお前がいた」

「そのまま帰ればよかったのに……」

「俺もそのつもりだったが……」

瞳の奥の情欲がちらつくのを見えて私はゴクリと唾を呑み込む。

「……お前も俺をイリアスと思え。……優しくするから」

「どうして……どうしてそこまで……」

レックスの気持ちがさっぱりわからない。

好きな人がいるのにどうして別の女性に手が出せるの？

自分なら好きな人以外としたいと思わない。

やっぱり男の人の心と体は別なのだろうか。

レックスはそういう男ではないと思っていた。犬猿の仲であってもレックスは馬鹿真面目で、私に対して強い態度を取るけれど、決して女性にこんな無体を強いるやつではないと。

「……手が届かないからこそ……お前にぶつけるしかないんだ」

話は終わりだと言うようにもう一度私の唇にキスを落とす。今度は軽く触れるだけのキス。

レックスはクラヴァットを外して私の視界を塞いだ。

「これならお前は俺が見えないだろ？　だからイリアスと思って抱かれろ」

「レックス？」

「レッ……んっ。んん」

視界が遮《さえぎ》られ暗闇が広がる中、またレックスの唇が落ちてきて口内を熱い舌が暴れる。

視界を遮《さえぎ》られた瞬間、ピチャリとイヤラシイ音がダイレクトに耳に届く。

胸を揉む手も動きが再開された。

レックスの手が胸に触れた瞬間、びくりと大きく震えてしまう。

視覚が遮断されると、嫌でも耳に伝わる音や肌に触れられる感触が敏感に伝わり、覚悟もできないまま、レックスに蹂躙《じゅうりん》されていく。

「……優しく……だよな」

レックスはボソリと呟《つぶや》き、先ほどとは比べものにならないくらい、触れる手を繊細にする。

サワサワと胸を揉まれる。小さな刺激ですら敏感になる。

「やっ……あぁ」

声を出したくないのに、つい出てしまう。それを防ぐように下唇を噛む。それでも与えられる刺激に声が漏れる。

その優しい刺激が次第にもどかしくなる。

もっと強い刺激が欲しい。

求めることにハッと気づき、また私は涙を溜める。目を覆うレックスのクラヴァット
には涙で染みができ始めた。

「もっ……やだっ……あぁ！」

左胸の先端を摘まれた瞬間、私は高い声をあげた。

その刺激は優しいものだったけれど、敏感になった先端は小さな刺激も拾い上げる。

「あっあっ……」

右の胸を熱い舌で舐《な》められ、ビクビクと体が反応する。

「んっん……」

空いている手はどんどん下に下り、私の足の付け根に辿り着く。

クチュ。

「……濡れてきたな」

レックスの言葉にいたたまれない。クチュクチュとわざと音を立てているのではと疑
いたくなるほど水音が部屋に広がる。

「あっあっあっ……んっ」

割れ目を何度も往復する指が私の蜜で滑りを増すと、そこからズクズク奥が疼《うず》く。
必死に声を押し殺そうとしても気持ち良さに抗えなかった。
「あっんっんん……」
嫌だ。嫌だ。嫌だ。こんなの私ではない。
イリアス以外で気持ち良くなるなんてありえない。
やだ。やだ。や……なのに……
「あっんん……んぁっ」
だんだん体が強張《こわば》っていく。
知らずに腰が浮いて、もっととねだるようにレックスの指に押し付ける。
レックスの指が私の大事な部分の、上の粒に触れた。
「あっあっあー」
一際体が強張《こわば》った瞬間、私は軽く絶頂を迎えた。
体からゆっくりと力が抜けていく。
体に与えられた快感とは裏腹に気持ちはどんどん荒んでいく。
息もままならないうちにレックスの指は私の中に沈む。
まだ余韻の残る体に新たに刺激を与えられる。

「あっ……も、やだっあっあっ」

ゆるゆると抜き差しされる指は次第に速くなり、それに呼応するように私の声も高くなった。

「あっあっあぁっんぁっあっ」

レックスの指はただ出し入れを繰り返すだけだが、視界が遮《さえぎ》られている中での愛撫は否が応でも感じる。

「あっあぁっあっ」

拙い愛撫にまた頂を目指そうとする体。嫌悪が募るけれど、もう何も考えられなくなる。

私一人が声をあげているだけで、レックスは何も話さない。

レックスがどんな顔でどんな気持ちで私に触れているのかわからない。

怖い。

どんなにイリアスだと思おうとしても、クラヴァットで目を隠されていても、私の中に入っている武骨な指は紛れもなくレックスのものだ。

剣を持つ彼の手はイリアスよりもゴツゴツして剣だこがある。

はっきりとレックスの指だと自覚した途端、また私は絶頂した。

「あっあっあぁぁあー」

ビクビクと震えながら余韻に浸る。

まだ絶頂の余韻から抜け出せていない間にレックスは自分の着ている軍服を脱ぎ捨て私の足首を持った。

そしてそのまま片足を折り曲げて間に身を寄せてソレをあてがった。

「……やっ！　だめっ！　だめよっ！　やめてっ！　レックスッあっあぁ！」

硬いものがあてがわれたことに気づいた私は、拘束されているにもかかわらず身をよじって抵抗した。

しかし抵抗も虚しく私のそこは易々とレックスのモノを受け入れてしまった。

「……ッミレイナッ！」

行為が始まってからやっとレックスは声を出した。

どうして、私の名前を呼んだの。

普段ならそのことに敏感に察することができたのに、抗えない快感と今のこの状況が私の思考を塞いでいく。

「あっあっあっんぁッあんっ」

さっきまでの優しさはどこにいったのか、レックスは最初から容赦なく抽送を繰り返した。

「……ミレイナッ、ミレイナッ……ミレーッ」

ガンガンと奥を抉《えぐ》られるように突かれ、その気持ち良さにもう抗う理性をなくした。

「あっ、レック……レックス！　あっあぁっあん！　んぁ、んん……んあっ」

いつのまにか拘束されていた手は解かれ、レックスの大きな背中に腕を回してすぎる快感を逃すように爪を立てる。

耳元で荒い呼吸音が聞こえる。視界はまだ遮《さえぎ》られていてレックスの興奮した声でさらに中が締まり、彼を追い詰めた。

「あっあぁっダメっ……ダメっあっきちゃ……ダメ……ッあ」

再び絶頂に向かっていく。

「ミレイナッもうッ」

腰の骨と骨がぶつかり、何度も最奥を突かれ胸も揉みしだかれる。

「あっ、あぁっあ……ふっんん……ん」

不意にレックスは私の口を己の口で塞いだ。

激しい抽送と共に深く、深く舌が絡み合う。

ギュッと強く抱きしめられて、より一層深く腰を打ち付けられた。瞬く間に体が強張《こわば》る。

「んっ、んんんんー」

私がイッたせいでキュウキュウと蜜口を締め付けると彼も呆気なく精を吐き出した。

「ミレイナッ！」

グンと一際奥を突いて最後の一滴まで私の中に吐き出し、レックスは私に覆いかぶさるようにベッドに倒れ込んだ。

はぁはぁと激しい息継ぎを繰り返す。

私は絶頂の余韻の中、イリアスを思う。

行為が終わった途端、頭は冴えていく。

とめどなく溢れる涙がレックスのクラヴァットを濡らした。

もうイリアスに会えない。

私には会う資格がない。

また目尻からポツリと涙がこぼれた。


「レックス……どいて」

数分が経ってもレックスは私からどこうとはしなかった。

ある程度落ち着いてきた私はとりあえず彼から離れたくて声をかけた。

私の中に入ったままのレックスのソレは硬度を保ったままだった。それが恐ろしくて早く抜いてほしかった。

「……あぁ」

レックスはのそりと起き上がり、私の中からソレを抜いていく。

クチュリとイヤラシイ音がする。

まだ出ていってほしくないかのように私の中はキュッと締め付けたが、お互い気づかないふりをした。

そして目隠しをしていたクラヴァットをそっと外してくれる。

真っ暗だった視界に途端に光がさして眩《まぶ》しい。

目が部屋の光に馴染み、ようやく私は体を起こして近くにあったシーツで体を隠した。

少しでもレックスに体を見られたくない。

「……」

「……」

お互い沈黙のまま時が過ぎる。

レックスが私の肩に触れようとした。ビクリと体が強張《こわば》り、震えが止まらない。

「……っ」

レックスの顔を見たくない。今は誰も見たくない。

一人になりたい。

ギュッと目を固く閉じて、自分の両腕で包み込むように体を抱きしめた。

「……」

触れようとしたレックスの手は宙で止まり、ベッドから離れていく。

素早く着替え終わるとレックスは何も言わずに部屋を後にした。

彼が出ていったことに気づいていたけれど、体を抱きしめたまま動こうとはしなかった。

私のそこからはレックスの吐き出した白濁がこぼれベッドに染みを作っていく。

外はザァザァと雨が降りしきっている。

鉄格子を嵌《は》められた窓からぼうっと外を眺める。

窓に打ち付ける雨が激しく、ほとんど何も見えない。それでも外を眺め続ける。

昨夜この体はイリアス以外を簡単に受け入れた。浅ましくも気持ちいいと感じた。そのことがひどく私自身を傷つけた。

イリアス以外とはしたくないと思っていたのに、あっさりレックスを受け入れたことを後悔してもしきれない。

消えたい。消えてしまいたい。

水膜を張る目をそのままに鉄格子の張ってある窓をそっと開けた。開けた途端に雨が私を濡らしていく。そんなことも気にせずに鉄格子に触れる。

初めて来た時キャリアは、言いにくそうにこの鉄格子の窓のことを説明してくれた。

あの時はまだちゃんと理解できていなかった。

「この鉄格子がなければ……」

私はボソリと呟《つぶや》いた。

「ミレイナ様っ!!」

いつのまに部屋に入ってきたのか、キャリアは窓辺に立つ私に足早に近づく。幼子にしては強い力で、私を窓から引き剥《は》がして慌てて窓を閉めた。

「何をしているんですか!?　風邪を引くじゃないですか！」

顔も髪もドレスも雨でぐっしょりと濡れてしまった。気にせずにストンとその場にしゃがむ。キャリアも同じようにしゃがんで私の顔に張り付いた髪をどかした。

「すぐに湯あみの用意をします。ミレイナ様はお茶を飲んでいてください」

慌てて浴室に向かい、タオルを数枚持ってきて私を拭く。キャリアにされるがままにした。

とりあえずある程度拭き終わると、温かいお茶を注いだティーカップを差し出して再びキャリアは浴室へと向かった。

湯を沸かしてくれているのだろう。

冷たくなった手に温かなティーカップがほんのり熱を与えてくれる。涙がポタリとお茶の中に落ちた。

「ふっ、ふぇ」

ぽたりぽたりと涙がこぼれ落ちていく。

「……ミレイナ様。もうすぐ湯が沸きますのでしばらくお待ちくださいね」

戻ってきたキャリアは、私にそっと寄り添って涙の訳も聞かずにそばにいてくれる。

その温かさにも涙腺が緩み、肩を震わせて泣いた。

本来なら必要はないのに、キャリアは甲斐甲斐しく私の湯あみを手伝ってくれる。

「……キャリアありがとう。鉄格子に触れていたのは別にあそこから飛び降りたいと思ってのことじゃないわ。……ただ何にもない窓から景色を見たくて」

キャリアに言った言葉は本当だ。

雨が降りしきっているから景色なんて碌《ろく》に見えないけれど、鉄格子が視界に入ると閉じ込められていることを突きつけられたようで嫌になっただけだった。

どこか遠くに行きたいと思ったのもまた事実だけれど……

泣いても、泣いても昨夜のことを考えればまたすぐに涙が出てくる。

今は少しでも考えたくないと思うのは傲慢なのか。

「ミレイナ様は絶対に幸せになります。だから……だから一緒に頑張りましょう……」

後ろを振り向けば今にも泣きそうに顔を歪ませているキャリアと目が合う。

こんな幼子に気を使わせてしまった。

キャリアはいくつの時からここにいるのだろう。

自分みたいな令嬢達を彼女はずっと見てきたのかもしれない。

受け入れられない現実に、心を蝕《むしば》まれた彼女達をキャリアはどんな思いで……。

「キャリア……今はまだ受け入れられないけれど……大丈夫よ。私は大丈夫……」

まだぎこちないけれど、キャリアに笑ってみせた。

キャリアはそんな私を痛々しそうに見たが、口にはせずにこくこくと頷《うなず》いた。

「ミレイナ様。……こんなこと言うのは今のあなたには酷かもしれませんが……ここにいる間は体調不良でなければ……旦那様のお相手をしていただかなければなりません」

湯あみを終えて再びソファで寛《くつろ》いでいるとキャリアは口ごもりながらもそう言った。

「……わかったわ」

なんとか返事をして一息つく。

キャリアが部屋から出ていった後も何もせず、ぼうっとしていたが、夕方頃に扉が開いた。

「ミレイナ、今日も旦那様を癒してあげなね」

そう言ってライラ夫人はレックスを連れてやってきた。

私はレックスを見とめ、内心げんなりしてしまったが微笑を浮かべるだけにとどめた。

ライラ夫人はさっさと部屋から退出し、私とレックスの二人きりになる。

「……」

「……」

今日ほど彼の顔を見たくないと思ったことはなかった。もう二度と会いたくないとすら思っていたのに。

どうして彼は平気でここに来ることができるのだろう。

レックスは無言のまま立ち尽くしていた私の手を引くと、早々にベッドへと連れていった。

ベッドに近づいた時、私はわずかに震え出した。

まだ気持ちに整理をつけられていない。昨日の今日でどうやって区切りをつけるというのか。

いまだ後悔の淵にいる私の気持ちを無視してレックスは昨日と同じことを私に強要した。

「……ふっ……ん……」

触れる唇は熱い。

抵抗も虚しくベッドに寝かされすぐに降ってきたのはキスの嵐。

気持ちとは裏腹に、体は昨日と同じレックスを受け入れる準備を着実にしていく。

またクラヴァットで目を隠されて彼の思うまま蹂躙《じゅうりん》され、ただそれを享受するだけだった。

昨晩では一度だった行為もこの日は二、三度に増えた。

「あっあっ……もっ許してッ……あっぁあ」

部屋には私の声と肌がぶつかり合う音、それから水音のみが響く。

レックスは一心不乱に欲望を私に打ち付け続けた。

「もっだめっ……やっあっあっ」

両手を片手で一纏《まと》めに掴まれ、両胸が引き寄せられてレックスの腰使いに合わせて勝手に揺れている。

「……出るッ」

もう何度目がわからない。また私の中に彼のものが溢れていく。

「あっあっあっあぁー」

手を拘束されているから拭えない涎《よだれ》を垂らしたまま嬌声をあげる。レックスはなお衰えずすぐに硬度を回復させた。

絶頂後の震えもやまぬままの私をひっくり返し四つん這いにさせて激しく突き立てる。

「ダメっ……あっ……まだイッて……あっあっああ」

また抗えない快感に私は溺れていく。


レックスはあれから毎日足繁く私の元に通い出した。

レックスが最初に訪れた日からまだ日は浅い。おそらく一週間ほどだ。

初めて抱かれた次の日は後悔と、懺悔の気持ちでいっぱいだった。だけど毎日レックスはやってきて次の日からは何度も何度も私に精を吐き出し、満足して帰る頃には朝近くになることがよくあった。

いや、初日以外ずっとそうだ。疲労困憊《こんぱい》で、何かを考える余裕がなかった。夕方近くまで眠り続け目が覚めればレックスがやってくる。

身を清めたいと言えば、レックスはお風呂にまで来て行為を要求した。

起きた時、私の身は清められていてシーツも取り替えられている。おそらく私を抱き潰した後にレックスが指示を出しているのだろう。

「性欲がないなんて嘘じゃない。絶倫脳筋バカ」

今日は珍しく夕方少し手前に目が覚めた。もしかして慣れ始めたのかと考えると恐ろしくなる。

でも、もうこの体はイリアス以外を何度も受け入れた。ならいくら考えても同じだし、何も考える必要なんかない。

「って言っても、レックスだけなんだけど……」

これでいいとすら思った。反省して自分が作った借金を返済するまで、もう娼婦をするしかないのだ。ならばさっさとイリアスを諦めて早く全額返済を目指した方が、効率がいい。

そう思ってもチクリと胸が痛むのはまだ彼に心残りがあるから……

「ミレイナ様、旦那様が来られました」

あぁ今日もレックスが来たのだと思った。

今日はこんなに早くに。

でもわざわざ彼に顔を向けたくなんかない。勝手に入って勝手にセックスしていけばいい。

「そう。じゃあ通して」

キャリアに顔を向けるのも億劫で適当に返事をした。間を置かずして扉は開き、二人分の足音が部屋に入ってくる。

「それでは旦那様、ごゆるりと」

一礼をしてキャリアが部屋から出ていく。

レックスと二人きりだ。しかし私はそれでも顔を上げなかった。

昨日……いや今日の朝まで抱き潰された体は疲れきっている。

一週間もそんなことが続けば誰だってしんどくなる。なのにこの体力オバケはけろっとしているから余計に腹が立つ。

「ミレイナ?」

呼ばれた声に驚いて慌てて上体を起こした。

「……イリ……アスさ……ま?」

姿を目にしてさらに目を見開いた。

だってそこに立っていたのはレックスじゃないから。

私よりも輝くプラチナブロンドの髪に黄金に輝く金の瞳は紛れもなくこの国の第二王子、イリアス・ストロサンド。私が愛してやまない彼だ。

「ど……して……」

「日が空いてすまない。視察やら公務やらで忙しくて来るのが遅くなった。何か困ったことはなかったか？　ベッドにいるってことは体調でも崩したか？」

そう言って長い足で数歩歩いて私のベッドに近づく。ベッドの端に腰掛けて私の頬に触れながら優しい眼差しで見つめてくる。

咄嗟《とっさ》にイリアスの手を払いのけた。

払いのけられた手に驚いたイリアスは口を開けて私を見たが、彼の顔を直視できなかった。

何度もレックスを受け入れた自分をイリアスに知られたくなかった。イリアスがあの日来てくれていればレックスに抱かれずに済んだのにと逆恨みする淀んだ気持ちがあったからだ。

「……ごめんなさい」

俯《うつむ》き、上掛けを強く握る。

「……ごめん……なさっ」

謝る前にイリアスに抱きしめられた。びくりと肩が震える。すぐにイリアスを押し退けようとした。

「遅くなってすまないな」

力の差から強く抱きしめられるとどんなに抵抗しても、イリアスは微動だにしない。抱きしめられてイリアスの温もりと逞しい腕を久しぶりに感じる。もう感じることはないと諦めていた。処理しきれない感情が涙となって流れ落ちてる。

「ふっ、ふぇっふ」

抵抗を諦めて私はイリアスの胸で肩を震わせながら泣いた。

会いたかった。寂しかった。……ごめんなさい。

イリアスの着ていたシャツはすぐに染みが広がっていった。腰に回された手の力がさらに強くなり、イリアスの香りが鼻をくすぐる。ここにイリアスがいると、はっきり実感する。

「イリアス様……帰りたい。私、帰りたいです」

私は懇願した。

好きな人以外に抱かれたのだから、もう許してほしい。こんな方法で反省しなければならないのだろうか。借金の返済はここでなくてもできる。

だから……だからもう……イリアス以外を受け入れたくない。

顔を上げて目を潤ませながらイリアスの顔を覗いた時、彼はなぜかふっと目を逸らしてわずかに動揺した。それはほんの一瞬。

しかしそのことが不安をかき立てる。

私を抱く力がギュッと強まってより密着する。

「……もう少し、ここにいてくれないか？」

イリアスの言葉が私を絶望へと突き落とす。

「……どう……し……て？」

イリアスの胸に置いた手を、ほんの少し力を入れて離す。

「……まだここで反省していた方がいいと思うんだ……すまない」

「……反省……」

そこでハッとした。

娼館ルージュに入ったのは、他ならぬイリアスがあの日言ったからだ。ここに来るように指示したのはイリアス本人だ。

それならイリアスは、簡単に私の情報を手に入れられるだろう。この一週間、レックスと行為をしたことなどすでに知っているはずだ。

……もしかしてレックスと寝た私を嫌悪したのでは……

いや、そうではない。最初から他の男と寝るとわかった上でここに入れようと決めたのではないか。

イリアスがこの部屋に入ってきた時、私の体調を聞いてきたことが何よりの証拠だ。

そのことに気づいた瞬間、目を瞠《みは》り、同時に心が冷えていく。

あぁ、そう。そういうことなのね。

見上げたイリアスの表情をあまり読み取れない。

王族である彼は表に感情を出さないよう、己を律している。

考えてみればおかしい。

娼館送りにしたのはイリアスだ。なのに彼は一か月以上足繁く通い、私を存分に甘やかした。その期間はわずかだったけど、私はこの上なく幸せだった。

しかし、イリアスはパタリと来なくなった。そして次に現れたのはレックス・ブラウン。

イリアスは私に自分のことを諦めさせようとしたのではないか。

もしかするとあの夜会の段階ですでにイリアスはティアラと……

「……ティアラ姫とは最近どうですか？」

「ん？　ティアラ？　あぁ。可愛いなと思う」

その表情が微かに和らいだ。

私はすぐに俯《うつむ》き、イリアスの胸に再び顔をひっつける。

乙女ゲームは確実にティアラとイリアスにとってのハッピーエンドに近づいているのだ。

だから彼はここにまだいろと言うのね。

おそらく自分はここから出られないのだろう。

……もう……もうなんでもいいわ。

ギュッと目を瞑《つぶ》って溢れそうになる涙を耐え、ひとつ小さく深呼吸する。そしてもう一度見上げてからニコリと微笑んだ。

「イリアス様。抱いてくださる？」

「……今日は積極的だな。ああ。会えなかった分、たっぷり可愛がってやる」

イリアスが少し驚いた後、意地悪い笑みでそう言い、激しいキスが始まる。

胸に置いていた手を彼の首に回して、これ以上ないくらいにピタリと体をくっつけ、私自身も激しく舌を絡ませた。

たとえイリアスがティアラとくっついたとしても、今は、今この時は、自分だけを見ている。

もうそれでいいじゃないか。

今までの行いの報いだ。

仕方ない。仕方ないのだ。

もう何も考えたくない。

「あっぁあ……」

久しぶりに受け入れたイリアスはとても熱くて激しかった。

「いや、ほんとに、……なんていうか、うん……起きられないわ」

昨日確かにイリアスに会えなかった分も抱いてやると言われた。その時は自分もやる気満々だった。当たり前だ、好きな人とするセックスは限りなく幸せなのだから。そこには苦い感情も伴っていたけれど、それでも幸せだった。

しかしそれも最初だけ。

昨日イリアスは夕方少し前にやってきた。そして今はなんと次の日の夕方である。

「なんだミレイナ。まだベッドの住民か？」

すりすりと頬を撫でられて少しばかり猫の気持ちを体験したけれど、体はものすごく軋《きし》んでいる。はっきりいって痛い。痛すぎる。

主に股関節。股の間。ヒリヒリする！

ちなみにこの男は今日の朝方に帰宅してから再びやってきていた。

二日続けて会えるのは確かに嬉しい。嬉しいのだが……

「会えなかった分抱いてやるって、何も本当に一晩中抱くことないでしょー⁉」

もう疲れすぎて手もあげられない。元気ならばきっと横に座っているイリアスを叩きまくっていたに違いない。今はそれすらも億劫だから、キッと睨《にら》みつけることしかできない。

ここ数日続いたレックスとのセックスから日を置かずにとどめのイリアスとくれば、か弱い元令嬢である私は完全に体力喪失だ。

「あれでも我慢した方なんだぞ。そんな目で見て俺を誘っているのか？」

意地悪い笑みでペロリと唇を舐《な》める仕草にクラクラする。壮絶な色気を醸し出している。いつもならばその色気に流されてしまうだろうが、でも今は身の危険を感じてしまう。

「そんな途端に怯えるな。それもそそられる……が今日はしないから、その代わり俺から離れるな。それでいいだろ？」

ジトリと疑いの目で見ると彼は「……まぁ少しは触るかもな」と呟《つぶや》く。慌てて上掛けで首まで隠す。

「おい冗談だ」

そう言って微笑んで抱きしめられる。私の頭に頬ずりしたり、今はもうサラサラの髪を手で梳《す》いたり。はたまた頬を撫で回されるが、私はされるがままだ。

しかしその手が不埒に胸に伸びたところでペチリと叩くと悪戯がバレたように笑っている。

この男はどうしてそんな顔で私を見るのか。もう本当にさっぱりわからなかった。

第四章　私達は義理でも兄妹でしょ？

私はソファに座って寛《くつろ》ぐイリアスの背中に、はぁと小さくため息をついた。

先ほど湯あみを終えて部屋に戻ると、彼はすでに金色の髪を靡かせながらニコニコと扉の前に立っていた。

パタリと来なくなったかと思えば今日で三日連続の訪問だ。

嬉しいと思う気持ちといつまでこの日々が続くのかわからなくて不安になる。期待させないでほしい。ここから私を出さないのならもう来ないで。

そう思うと同時に会えることが純粋に何より嬉しい。だからたちが悪い。

なんとなく心の準備が欲しくて、お茶の用意をするからと先にソファに座ってもらった。

彼に会うのに勇気がいるなんて思いもしなかった。どうして私をここから連れ出してくれないのだろう。あなたは私を性欲処理の道具にしたかっただけ？

昨日のティアラを思って向けた笑顔はなんなの？

あんなに近くにいた。今はどれだけ体を重ねても彼が遠くに感じてしまう。

「ミレイナ、早くこっちに来い」

「今行くわ」

イリアスが痺《しび》れを切らして振り向いたところで私は思考を停止させて、キャリアが運んでくれたお茶を持ってイリアスの座るソファに向かった。

「そこじゃない。ここだ」

「きゃっ」

イリアスのティーカップにお茶を注いでから対面に腰掛けようとすると、強引な手で腰を抱かれイリアスの膝の上に座らされる。

「イリアス様っ！　恥ずかしいですわっ！」

慌てて下りようと試みても力強い腕が腰に回ってびくともしない。

イリアスはその間にも私が入れたお茶には手をつけずに、私の髪を優しく梳《す》きながら頭にキスを送ってくる。

髪を梳《す》いていた手が耳裏に回ってきて、触れるか触れないかの絶妙な感覚でくすぐられてからゆっくりと首筋に下りては、またゆっくりと耳裏に戻っていく。

その感触に思わず体が震えて声が漏れる。

「んっ」

出てしまった声に赤面すれば上からクスクスと笑われ、恨みがましく下からつい睨《にら》んでしまう。

見上げたと同時に待っていましたと言わんばかりに、ちゅっとキスが落とされてすぐに口が割られてイリアスの熱い舌が入り込んでくる。

普段より幾ばくか優しさのある深い口づけだが、瞬く間に体は熱を持ち始める。

「昨日お預けを食らったからな。今日は俺に付き合えよ」

「まだヒリヒリするからダメよ」

そう答えるもののイリアスの色気に当てられて深い口づけをされた後には、股の間がわずかに湿り気を帯びているのを感じる。

「ダメだ、もう待てない。今日は思う存分、ミレイナを味わいたい」

そう言ってイリアスは軽々と私を抱きかかえて立ち上がり、軽い足取りでベッドへと歩いていく。

「もう！　せっかく私がお茶を淹《い》れて差し上げたのにひどいわ」

優しくベッドの縁に下ろされてまた何度も口づけが落とされる。

「茶なら後で飲むし、また淹《い》れてくれるだろ？　もう我慢できないんだ。それにミレイナのここも準備万端のようだが？」

クスリと意地悪く微笑み、スカートの中に忍び込んだ手で私のアソコを布越しに摩ってくる。

「ふぁ」

クチュりとイヤラシイ水音がする。

私は瞬く間に羞恥で顔が熱くなる。

「舐《な》めてやる」

イリアスはベッドに上がらずにベッドのそばで屈んで、私のスカートを捲《たく》し上げた。

「やっ」

小さく抵抗したけれどあっさりとスカートと下着を剥《は》ぎ取られて、ベッドの縁でイリリアスの力強い手に足をM字に開かされる。

イリアスの長い指が割れ目に添って動く。ぬるぬると滑りがいい。

「もう洪水になっているぞ」

フッと息を吹きかけられて背中がゾワリと震える。

「いわなっいで……」

イリアスは躊躇《ためら》いもなく蜜を滴らせた私の蜜壺に舌を這わせた。

ぴちゃぴちゃ。

卑猥な音をあえて私に聞かせるようにイリアスの舌が割れ目を何度も往復する。

「や……ん。んぁ」

自分の股から聞こえてくる音とイリアスの舌の刺激にあおられてたまらず嬌声をあげる。下を見ればイリアスと目が合った。

王族だけが持つという黄金の瞳。その目でずっと私を見ていたのかと思うと羞恥に思わず目を背けた。

「ミレイナ、こっちを見ろ」

いやいやと頭を横に振る。それでもイリアスはこっちだというように私の最も敏感な粒を舌先でツンツンと突いてくる。

「やぁ……そこはだめっ」

「こっちを見るんだ」

私が見るまで攻めが続くことを感じ取り、恐る恐る視線をイリアスの方に向ける。

視界に入るのはアソコに顔を埋めて目だけが私を見ているイリアスだ。

たまらず体がビクビクとしてしまう。

この国で最も高貴な王族である彼が、自分の恥ずかしい部分を舐《な》めている。その姿はあまりにも背徳的すぎた。

やめさせなければならないのに、何も言えない。

「猥《みだ》りがわしい顔だ」

そう言ってイリアスは目線を下げ、激しく粒を嬲《なぶ》った。

「やぁあ。激しッ！　あぁあ」

私は呆気なく絶頂を迎えた。

体が強張《こわば》ったと思った瞬間、パンと弾けてすぐに風船が萎んでいくみたいに、体が一気に弛緩する。

荒い呼吸のままぼーっとしていると、イリアスが衣服を脱ぎ捨て股の間に熱くて硬いものをあてがう。

「ミレイナ、もう挿れるぞ」

イリアスは躊躇《ためら》いなく、私のまだ余韻の残る体に覆いかぶさった。一気に腰をついて屹立を蜜壺に挿入する。

「あぁあ！」

「くっ」

圧倒的な質量が私の中をめいっぱいに圧迫し、苦しい。思わず押し退けようとするが、がっしりと抱きしめられていて身動きが取れない。

舐《な》められただけなのに私のそこはもうびしょびしょに濡れていた。圧迫感は強いものの、痛みもなくイリアスを簡単に受け入れる。

そうしているうちに彼はゆっくりと腰を引き、肉杭も一緒に入り口へ戻っていく。しかしまたすぐに奥へと深く突き刺すように穿《うが》たれる。

「あっあっあぁ」

苦しかったのはほんのわずかで、何回か抽送されると、体は簡単に快感を拾う。

「あん……んあっあ」

奥を穿《うが》つイリアスの熱くて太い棒がたまらなく気持ち良い。抽送が繰り返されるたびに中で一番良いところに何度も当たり、得も言えぬほどの快感が押し寄せてくる。

涎《よだれ》を垂らした先端が子宮口をグングンと容赦なく扉をこじ開けようとノックする。

少しずつ激しさを増す抽送に、また身体が強張《こわば》っていく。

私はイリアスの首に腕を回して、すぎる快感を彼の背中に爪を立ててなんとか抗おうとした。

「あぁあ……だめぇえ」

ズンズンと奥を穿《うが》たれ、容赦のない攻めに耐えきれずに私は二度目の絶頂を迎えた。

イッている最中でもイリアスの攻めは終わらず、身体がビクビクと震えていつまでも余韻が消えない。

やがて何度目かの抽送の後、一際穿《うが》つ速さが増したと同時に、イリアスが小さく呻く。

グンと強く腰を打ち付けた瞬間、膣奥に熱いものが放たれた。私も同時にまた絶頂を迎える。

荒い呼吸のまま、イリアスはボソリと呟《つぶや》いた。

「ミレイナ。もう一度」

出したばかりのはずなのに、イリアスの肉茎は、萎むことなく硬度を保ったままだ。

イリアスは私に入ったまま、抱きかかえ自分の膝の上に乗せる。

「だめぇ。これっだめ！　奥にっ！　あぁ！　あっっ」

自分の体の重みでイリアスのモノがより深いところに突き刺さる。さっきよりも奥に届くそれは、今の私にはあまりにも刺激が強すぎた。それでもイリアスはお構いなしに下からグッと突き上げてくる。

「ひゃぁあ！　あっ！　あぁ！」

「ミレイナ、もっと啼《な》け。可愛い声を俺に聞かせろ」

「あっあっあぁ！　ダメっやっあ」

ギュッとイリアスの首に腕を回して、なんとか身体を支えようとする。重心に逆らってしがみつくけれど、下からの突き上げが激しくてどうしても腕の力が弱くなってしまう。それでも必死にイリアスにしがみついて、イリアスの耳元で善がり啼《な》く。

つかれるたび、腰を引かれるたび、その両方の刺激で声が我慢できずに啼《な》き続けた。

嬌声をイリアスの耳元で啼《な》くごとに彼の肉茎が大きくなり、圧迫感が増す。

「あっぁっあぁあっ……イリアスさまぁ」

何度目かの抽送の後、私がイリアスの名を呼んだ瞬間にイリアスのモノが一際膨れて、熱い飛沫を膣奥に解き放った。

「くそっ……」

私も耐えきれずまた絶頂を迎えた。

「あぁあー」

イリアスの膝の上で腰がビクビクと震える。彼の胸に顔を当てて荒い息を吐いた。

イリアスも肩で息をしている。

それもほんの束の間のことで、さっさと立ち直ったイリアスは、私が落ち着くまで頭を優しく撫でてくれた。大きく息をする私を優しく労《いたわ》るように頭を撫でながら、頭の天辺や旋毛《つむじ》部分に何度もキスを落とす。

私の息が整った頃、イリアスはそっと私をベッドに押し倒し、意地悪い笑みを浮かべた。

「とりあえずもう一回ヤろうか」

汗を額に少しだけ浮かせてニッコリと微笑むイリアスの色気は半端ない。男の人だというのにほんのり蒸気した肌は艶《あで》やかで、醸し出される色香に性別問わず誰もが魅了されるだろう。

ただし、今の私にはそんな状態のイリアスが鬼のように映る。

怯えてフルフルと頭を振っても、イリアスは笑みを深めるだけでどんどん覆いかぶさる影が濃くなっていく。

「大丈夫。ミレイナはただ俺に可愛がられていればいいから」

耳元で妖しく囁かれ、抵抗虚しくイリアスに再び美味しく頂かれてしまった。立て続けに三回も抱かれ、あっという間に私の体力は失われた。

疲労困憊《こんぱい》で、自分自身で食事をすることもできず、イリアスに介護のようにご飯を食べさせてもらった。浴室に入ると体の隅々まで彼の手で洗われ、その際にこれまたデザートだと言われ美味しく頂かれる。またベッドに戻ると今度は、ゆっくりゆっくりと焦らすようなセックスをされる。

日付が変わる頃には意識を手放していた。

もう何も考えることすらできなかった。ただただ彼から与えられる快楽に身を委ねた。

……うん。とりあえずイリアス様、絶倫すぎます。泣いちゃう。


翌日、目が覚めるとすでにイリアスの姿はなかった。私はいつのまにか身を清められた姿で、ベッドで泥のように眠っていたらしい。

寝ぼけ眼で窓の方に視線を向けると太陽はもう真上から傾き始めている。おそらく昼をとうに超えてしまっている。

昨日のイリアスの絶倫のおかげで全く身体の疲れが取れていなかった。

今までイリアスが毎日のように来ていた時は、セックスをせずただ寄り添って話すだけの日があり、体力をここまで消耗することはなかった。

しかしレックスが通うようになって一週間、毎日のように攻められた。休む暇もなくイリアスには三日間ずっと来なかった日の分の埋め合わせのように抱かれている。

一日気遣ってくれて寄り添うだけの日もあったけれど、あの後結局、日を跨《また》いで抱かれ続けたから休めたとは言えない。

正直言ってかなり疲れた。もう拷問と言ってよいレベルだ。

セックスをしている時は気持ち良くて何も考えられなくなるけれど、いざ終われば人形のようにピクリとも動けなくなる。

もう少し手加減してほしい。できるなら一週間ほど一人になる時間が欲しい。

レックスとのことを後悔する暇もないくらい、疲労困憊《こんぱい》だった。

イリアスはレックスが私の元に通っていたことを知っているのだろうか。聞きたくても聞けなかった。尋ねる前に抱かれてしまうと、気を失ってしまうのだからお手上げだ。

イリアスの気持ちもまたわからない。

このままでいいのかわからない。

そう思えど、自分は娼婦だから何も考えないでただ彼らの相手をすればいい。

ただ生き続けられるのなら今の境遇を甘んじて受け入れることだ。

――イリアス様が好き。

この気持ちだけあれば、たとえ彼が他の誰か……ティアラを好きになろうと構わない。

自分の気持ちに素直になって、彼がここに来ることを願い、たとえ彼以外に抱かれても心は常にイリアスにあると思うことで頑張れる。

もし、彼がティアラと幸せになり、もう訪れなくなっても、ここで過ごした彼との時間は忘れない。自分の胸に大切にしまっておこう。

それはもうすぐなのか、それともまだ先のことなのかわからない。

けれどその時がきたら、私は潔く受け入れよう。

今まで散々イリアスに迷惑をかけたのだから、少しでも彼が幸せになれるように……

そう考えていたら扉がノックされる。

返事をして入室を促せば、現れたのは四日ぶりのレックスだった。

「なんだよ、まだ寝ていたのか？」

「関係ないでしょ。それよりまた来たのね」

「いいだろ別に。今日はもう仕事が終わったからな」

「ティアラ姫の護衛なのに、こんな早く仕事が終わるわけ？」

視線だけ扉付近に向けると、レックスは扉を閉めてからスタスタとこちらに向かってきた。

私が寝ている横に腰掛け、慣れた手つきで私の前髪を横に流す。

初めはレックスに触られることが嫌で仕方なかった。

レックスに限らず、イリアス以外が自分に触れることが、許せなくて気持ち悪かった。

でも決意してしまえばなんてことはない。

「今日からまた夜会続きでイリアスがエスコートするから、俺はお役御免ってわけだ」

レックスの言葉にわずかに反応してしまう。

「そう。でも流石《さすが》に護衛をつけないなんて無用心ね」

「俺もそう思うが、イリアスの護衛がいるから大丈夫だろう。イリアス自身も強いからな」

「そうね。彼は国で一番強いもの」

王族には常に護衛がついて回る。

多勢の貴族が参加する夜会でも、護衛は片時も離れない。けれどあまりにも強いイリアスは逆に護衛が多くいると動きにくくなるため、常に一人だけを護衛につけている。

以前は今ここにいるレックスが担当していた。けれどその存在が最近になって発覚したティアラも王族として認められたため、彼女にも護衛が必要になった。そこで彼がティアラ姫の護衛についた。おそらくティアラ姫にはたくさんの護衛がついているはずだ。

本来ならレックスもティアラ姫の護衛につくはずだが、エスコート役がイリアスのため少ない人員での護衛なのだろう。

気になるのは腕の立つレックスが、なぜ夜会に出ていないかなんだけれど……娼館ルージュにいる私にはよくわからなかった。

物思いに耽《ふけ》っている間にレックスはベッドに乗り上がり、私に覆いかぶさってくる。影ができたことに気づいて見上げるとレックスが情欲の瞳を纏《まと》って私を見下ろしている。

内心、勘弁してほしいと思った。

昨日のイリアスのおかげでまだ身体は軋《きし》むし、レックスの連日攻めもまだ尾を引いている。

それでもレックスにとってイリアスとの行為なんて関係ないし、彼はお金を払って今日ここにいるのだから、私に拒む権利はない。

はぁと小さくため息をつき、レックスを再び見上げた。

「優しくしてほしいの」

もうレックスとの行為を拒む気持ちはない。

ただ疲れきった身体に彼の乱暴な行為は辛いので、私は素直にレックスにお願いした。

レックスは一度目を瞠《みは》り、口角をあげていつになく優しく微笑むとああ、と一言だけ呟《つぶや》いてから私にキスを落とした。

今まで激情に流されるような彼の激しい攻めを抗いながらも受け入れていたけれど、この日のレックスは壊れ物を扱うように繊細な手つきだった。そのことが私に少しだけ動揺を誘った。

初めてレックスは私の目を遮《さえぎ》ることなく、最後までお互い目を合わせながら優しい快楽を味わった。


レックスが帰ってから数日後、私は連日の疲労が嘘のようにピンピンしていた。二、三日ほど休養できたおかげだ。

彼はしばらくルージュに来ることはなく、イリアスもまたここ数日は訪れていなかった。

イリアスの訪問があれで最後だと考えると私の気持ちも落ちたが、そのことにはとりあえず蓋をして彼らの不在のうちに体力回復に勤しんだ。

世の娼婦は毎日毎日、殿方のお相手をしているのだと思うと心底尊敬する。

身体を張る仕事なのは知っていたが、ここまで体力を奪われるとは知らず、今まで軽く見ていたことを恥じる。

どんな仕事でも一生懸命するのって大事よね。

「キャリア、このローズティー、美味しい」

今はお昼も過ぎた束の間のひととき。

ここ数日誰からの訪問もなく、こうしてお茶をのんびり堪能している。疲れもすっかり取れているので、寝ることもせず、暇だ。休み時間のキャリアを部屋に招き入れて一緒にお茶を楽しんだ。

キャリアは自分が給仕するので飲んでくださいと言ったのだが、強引に席に座らせた。

「これは旦那様からミレイナ様にと頂戴したもので、特別なローズティーだそうです」

旦那様ってイリアスかしら？　ここに来たのはイリアスとレックスの二人だけだ。

レックスは今王都にいないようだし、何より贈り物をするような性格じゃない。

それにこのローズティー、ちょっと懐かしく感じる。

そしてもう一口含むと記憶が蘇ってくる。

あれはそう、もうずっと昔。義兄様《にい》と一緒に城に登城した時のこと。

もちろんその前の日も……というか、毎日のように私は登城していて、ちっとも珍しいことでもないのだけれど、その日は初めて義兄様《にい》と一緒に登城した。

私は突然できた義兄《あに》のことが大嫌いで馬車内では終始苛立っていた。

て帰ってきた。

お父様が孤児院訪問の際、彼のあまりある才能に気づきその場で養子縁組をして連れ
私は初め、あまりにも彼の容姿が浮世離れしていて、妖精と見紛うほどに綺麗な顔立ちに頬を染めたが、彼の瞳の色を見た途端、激昂したのだ。そして目の前に立つ少しだけ怯える義兄《あに》、アーレイの頬を打った。

『あなた！　お父様が作ったフギノコね⁉　なんて汚らわしいの！　おうちが穢《けが》れるわ！　わたくしにちかよらないで！』

私は顔を真っ赤にさせてアーレイと父を睨《にら》みつけた。

『ミレイナ⁉　違うぞ⁉　父はそんな不貞はしていない！』

『あら、あなた。それは本当かしら。こないだ少し小耳に挟んだのですよ？』

隣に立っているお母様がお父様に対して疑いの目を向けた。私はますます目の前に立つ少年が、お父様の裏切りでできた子供であると信じた。

なぜ私がそのように思ったのかは、当時屋敷で働いていたある若い使用人が、当主であるお父様に対してなみなみならぬ思いを寄せていると噂話で聞いていたからだ。

〝旦那様は、本当は私のことが好きだったのよ〟

〝旦那様のこと、心から好いているの〟

〝本当は私達が結ばれるはずだった〟

こんなことを言いふらしていたらしい（使用人同士にしか言っていなかったみたいで、お父様やお母様はこの噂を知らなかったようだ。後から問題になってその使用人は即刻解雇された）。

初めは意味がわからなくて、とりあえず大好きなお父様を自分と同じように慕う人が大勢いることを喜んでいた。

お父様が子供を一人連れて帰ってきたと侍女に聞いた時、私は新しいお友達ができると喜んだ。だから部屋から抜け出してキッチンに行き、おやつのクッキーを持って少年とお父様に会いに行こうとした。

キッチンに向かう途中廊下を歩いていたら、使用人達のヒソヒソ話が聞こえた。私は思わず立ち止まる。

『旦那様が連れてきた子って、もしかしてあの子との子供だったりして』

『まさかー、だって奥様一筋なのよ？　ありえなくない？』

『でもさ、あの子の旦那様への執着は異常だったし、本当は結ばれる予定だったんじゃ？』

『あの子の言うこと信じるの？』

『信じるって言うか、あの連れてきた子供の髪の色ってなんとなくあの子に似ているじゃない？　瞳の色は旦那様と同じだし！』

『髪の色なんて珍しい色じゃないじゃない。まぁ、でもあの瞳の色は確かに旦那様と同じね』

聞こえてきた使用人達の言葉に愕然とした。

よくわからなかったが、父はどうやらその使用人との間に子供がいたらしい。

あまりにも衝撃的で、その場に立ち尽くした。立ち話をしていた使用人達がいなくなるのすら気づかないほどに。

そうしてその子供と対面した時、その瞳の色を見て疑念を確信に変え、思わず手をあげたのだ。

思ったよりも勢いよく打ってしまい、手がジンジンして痛かった。それよりも心の方がもっと痛くて、だんだん目に涙が溜まり、ジッと父とその子を睨《にら》んだ。

事態が収拾つかないと判断したお父様は、とりあえずお母様の疑念を解くことを優先したため、次の日になっても私の誤解を解くことはなかった。

次の日心が荒んだまま馬車に乗り込むと、すでにその子供、アーレイが座っているのに気づいた。昨日よりもさらに大声で怒鳴り散らす。

『どうしてこの馬車にアンタが乗っているのよ！　さっさと降りなさい‼』

怒りでフルフルと身体を震わせながらアーレイを睨《にら》みつける。

アーレイは困ったように私を見てから、か細い声で呟《つぶや》いた。

『僕も……今日公……義父様に呼ばれて王宮に行かないといけないんだ』

義父様と聞いた途端、頭に血が上った。

『お父様はあなたのお父様じゃないわ‼』

幼い私はお父様を取られた気持ちになった。イリアスに会いに行こうとせっかくお化粧もバッチリしたのに、泣きそうになった。

本来の私なら人前で絶対泣いたりなんかしない。

高位貴族の家に生まれたことやイリアスの婚約者であるため隙を見せないように努力していたからだ。

なのにお父様が取られそうになったことでこんなに悲しくなるなんて。

お父様はもう私のことをいらなくなったの？

悲しくて泣きそうで、でも目の前に座る憎たらしい子供が腹立たしい。

このまま引きずり下ろせば、流石《さすが》に可哀想だと思った私は、怒りに震えながらも大人しく同乗した。

城に着いた途端、扉を開けてくれた城の侍従の手を無視して、勢いよく馬車から降りる。振り向きもせず一目散にイリアスのところに向かった。

アーレイはどうせお父様のところだ。

お父様は結局私になんの説明もしないまま朝早く登城している。

本当は私がさっきの侍従に頼んで、アーレイをお父様の元へ案内するよう言わないといけなかった。

でも私はアーレイをお父様の元に向かわせるよう頼むことが嫌だった。

だってお父様は私だけのお父様でしょ？

イリアスの私室に向かう間に、また悲しくなって涙が溢れそうになる。

どんな令嬢に嫌味を言われようが、大事なお人形を壊されようが、人前でちっとも涙を見せなかったのに、どうしてこんなことで涙が出そうになるのだろう。

せっかく今から大好きなイリアスに会うのに気分は少しも晴れなかった。

部屋の前に着いた時には、気持ちがさらに沈んでしまい、扉を開けようとドアノブに手を置いてみても力が出なかった。

『ミレイナ嬢？　どうされました？』

両扉に立っている護衛がいつまでも入らない私を訝《いぶか》しんで声をかけてくれる。それでも部屋に入るのを躊躇《ためら》う。

こんな気持ちでイリアスに会ってもきっと迷惑だわ。

そう思い、部屋には入らずに踵《きびす》を返そうとした。

『ミレイナ？』

閉まっていた扉がキイと音を立てて開いたと同時にイリアスが顔を出した。

『イリアス様』

『……どうした？　今日は勝手に入ってこないのか？』

そう、いつもならノックもせずに王子であるイリアスの私室に入っていた。

『……』

いつもは部屋に入るたび嫌そうにチラリと一瞥《いちべつ》するだけなのに、今日のイリアスは私の顔をじっと気遣うように見る。

どうしようもなく泣きたくなった。

心配してくれる顔も嬉しかったけれど、ただ彼の顔を見ただけで昨日までの荒んだ気持ちが洗われるようになくなった。

『今日は滅多に飲めないお茶が手に入った。茶の相手をしてやるからさっさと入れ』

イリアスは困ったように眉を下げ、私の背中にオズオズと手を置くと優しく部屋に案内した。

私の異常に何か気づいたのかもしれない。

普段よりも優しいイリアスに少しだけ落ち着きを取り戻した。

『このお茶、美味しいですわ』

『これは我が国より遠い東の国から頂いたお茶だ。ローズティーといってバラの花びらを茶葉にブレンドしてあるらしい。色味もいつものお茶よりほのかに赤みがかっているだろう？』

『ええ。少し酸味があってバラの香りがします。とっても気に入りました』

珍しいお茶が美味しく、いつもより優しいイリアスと話ができて私は自然と笑みを浮かべた。

『……気に入ったのならいい』

『ええ、とっても』

昨日から荒んでいた心はすっかり元に戻った。

イリアスのおかげだわ。

『このローズティーは世界一好きな飲み物になったわ』

ニッコリとイリアスに微笑む。彼はチラリとこちらを一瞥《いちべつ》した後、大袈裟《おおげさ》に咳払いをしてからふんっとそっぽを向いた。

いつもの態度に戻ってしまい少々残念な気持ちになったけれど、それでもさっきまでの沈んだ気持ちが嘘のようだった。


しばらくイリアスと他愛もない話で時間を過ごしていたら、ノックの音が響いてそのすぐ後に私のお父様の声が聞こえた。

大好きなお父様の声を聞いて一瞬喜びかけたけれど、アーレイを思い出して顔が強《こわ》張《ば》った。

イリアスは少しだけ私の顔を窺い、躊躇《ためら》った後に入れと言って入室を許可した。

入ってきたのはやはりお父様と、その後ろにはアーレイがいた。キュッと膝の上で拳を握って私は俯《うつむ》いた。

『あぁ。ミレイナ、やっぱり殿下のところにいたんだね』

お父様は入ると王子に礼をとる。それから真先に私に声をかけたけれど、私は昨日のこともあり返事をしなかった。

イリアスはそんな私を見てからお父様の後ろにいるアーレイを見る。

『そういえば……。殿下、ご紹介したい子がいます。さぁアーレイ、前に来なさい』

お父様はこほんと咳払いをしてからイリアスに向き直り、アーレイの背中を押して自分の前に立たせた。

『この子は先日、私が孤児院から引き取って養子になったアーレイ・ルーティアスと申します。今後殿下のお力になれるようにと、ご紹介いたしました』

私の心は再び沈んでいく。

お父様だけじゃなくイリアス様までアーレイに取られてしまう。

目にはいっぱいの涙が膜を張り出し、いつドレスに涙が落ちてもおかしくなかった。

『お初にお目にかかります、イリアス第二王子殿下。アーレイ・ルーティアスです。これからどうぞよろしくお願いします』

イリアスにも負けず劣らずの透き通った綺麗な声が、私にも届く。声まで天使のようだ。対して今こうして怒りに震える私は、自分が悪魔のように思えた。

天使を憎いなんて悪魔しかいないわ。

『あぁ君が……よろしく。イリアス・ストロサンドだ』

イリアスはなぜかアーレイを知っていたみたいだ。さっきまでイリアスは私の味方をしてくれそうだったのに。せっかく気持ちも持ち直してイリアスとお茶を美味しく飲んでいたのにあんまりではないか。

『ミレイナ、公爵が来たんだ。こちらにおいで』

いつのまにか私の横にイリアスがやってきた。俯《うつむ》いたままの視界に彼の仕立てのいい服が見えてゆっくり上を向くと、わずかに驚いた顔をしていた。

『ミレイナ。泣い……て……』

イリアスが呟《つぶや》いたが無視をした。淑女らしからずドレスの袖で溜まった涙を拭う。

イリアスの腕が伸びてきてその腕を優しく取る。

『俺がいるから一緒に行こう』

そう言われて再び上を向くと優しく微笑むイリアスがいた。

私はコクリと頷《うなず》く。イリアスは優しく手を繋ぎ、お父様の前まで一緒に来てくれた。

『ミレイナ。慌ただしくて君の誤解を解くのが遅くなってすまない』

お父様は一歩前に進んで背の低い私のためにしゃがみ込む。

『お父様はミレイナやお母様を悲しませることは一切していないよ。僕がこの世で愛しているのはお母様とミレイナだけだ。ミレイナが何も悲しむことはない』

『でも……アーレイは……』

『どうしようもない噂を信じてしまったんだね。あれは完全に嘘だ。信じてミレイナ。僕は君達を裏切っていない』

ギュッとイリアスの手を強く握ると彼もまた強く握り返してくれる。

『…………お父様を信じるわ』

『ありがとう、ミレイナ。寂しい思いをさせてしまったね』

その言葉が心に強く刺さり、イリアスと繋いでいた手を解《ほど》いて勢いよくお父様の胸に飛び込んだ。

『おとうさまぁぁ！』

うわーんと赤ちゃんのように人目も気にせずに泣いて父にしがみついた。

『ごめんね、ミレイナ』

何度も何度も優しく頭を撫でられる。涙は止まるどころか溢れるばかりだった。

昨日からずっと悲しくて寂しくて、もしかしたら私はもういらない子なのかと思ったのだ。

そんなことあるわけないのに、この頃は幼すぎて勘違いをしてしまい、皆に迷惑をかけた。

泣き止んだ後、そばにいたアーレイにはきちんと謝った。

誤解してごめんなさい。頬を打ってごめんなさい。馬車から降りろと言ってごめんなさい。

アーレイはもういいよ、大丈夫と言って優しく微笑んで許してくれたけれど、正直それから関係が修復することはなかった。

アーレイに対してやりすぎたことを反省したものの、突然できた義兄《あに》だ。友達ならまだしも、家族として受け入れることを強要されたのだ。

最初のことがあるから妙に気まずくよそよそしい関係が続いた。それから数年後、アーレイはレックスと結託して私をイリアスから遠ざけるものだから、尚更関係は悪くなった。

最後に見たアーレイの顔は今でも忘れられない。射殺さんばかりの憎悪を込めたアメジストの瞳。

アーレイはおそらくあの時のことを許してはいない。

あの場ではもういいよと言ったけれど、これまでの私に対する態度を見ても明らかだ。

アーレイに対して素直になれない私は、あれからもいろいろと言いたい放題だったからアーレイが私を憎むのは頷《うなず》ける。

平民のくせに、孤児のくせに、養子のくせにと何度言ったかわからない。

本当は毎日毎日、寝る間も惜しんで勉強に励む姿やお父様の後ろについてあれこれ領地のことを考える姿を尊敬していて、かっこいいなと思っていた。

ぬくぬくと真綿に包まれて育てられるだけの自分と違って、アーレイは強く逞しい。義兄《あに》に劣等感を覚えて素直になれなかった。

「アーレイ義兄《にい》様にだけは会いたくないわ」

カップをソーサーの上に置いてため息をつく。

「義兄《にい》様ですか？」

キャリアもまたソーサーにカップを置いて私を見つめてくる。いきなり義兄《あに》の名前を出したものだから訝《いぶか》しむのもよくわかるけれど、それに返事をしなかった。

私はこめかみに指を置く。

アーレイは、たまたま私のお父様である公爵が孤児院訪問の際に見つけてきた子供となっているが、実のところ彼は王族である。

これは前世を思い出してから気づいたんだけど、乙女ゲームでアーレイを攻略対象とした時に、彼が実は現王様の亡き弟である王弟殿下の子供だと発覚する。

王弟殿下は、それはもう放蕩者の代表と言っていいほどあちこちの女性と関係を持ち、その時の女性の一人がアーレイを身籠った。

アーレイの母は身籠れば妃になれると大層喜んだそうだが、実際殿下に報告すると殿下は血相を変えておろしてほしい、君を妃にするつもりはないと頭を下げて懇願した。

それに絶望したアーレイの母は殿下におろすことを了承して、そばから離れた。

こっそりアーレイを出産したが産後の肥立ちが悪く、時を置かずして亡くなったのだ。

出産を助けた助産婦はお腹の子が王弟殿下の子供だと知っていたが、母親に説得されて産むのを助けた。けれどその母親が亡くなり、このまま自分が育てる重責に耐えきれず孤児院に預けたのだ。

私のお父様は孤児院に珍しいアメジストの瞳の少年がいることを知る。

アメジストの瞳は王家の証だ。

金の瞳も王家の証であるが、これは非常に珍しく何代かに一人生まれるのみ。多くの王族はアメジストの瞳を持って生まれてくる。

公爵の祖先も王家の血が入っているためアメジスト色の瞳だ。

そこでお父様は父親探しに乗り出した。

ルーティアス家は公爵一人であるため、他の公爵家に縁のある者か、王、あるいは王弟殿下の落とし胤《だね》であると考えた。

アーレイを見たお父様は一目で彼が王弟殿下の息子であると確信した。

王弟殿下は第二王子派の貴族達に担ぎ上げられて謀反を起こし、十数年前に処刑されたが、お父様は王弟殿下と親友の仲だった。

アーレイを見た時、王弟殿下の面影を見て柄にもなく涙を流して彼をいきなり抱きしめたらしい。

『君の形見はこんなところにいたんだな』

王も王弟殿下を可愛がっていた。反抗的だったが、出来の悪い子ほど可愛いと言っては、いつも弟に心を砕いていた王もアーレイが王弟殿下の落とし胤《だね》と知り、肩を震わせた。

このまま城に住まわせるか話し合われたけれど、王弟殿下の子供だとわかれば、一掃しきれなかった第二王子派がまたしゃしゃり出てくる可能性がある。

今は王が健在であるが王の二人の息子にもまた対立する貴族の派閥があり、アーレイを巻き込みたくはなかった。

こうしてアーレイはルーティアス家の養子となったのだ。

アーレイはその事実をゲーム終盤で知る。そして自分を守ってくれた公爵と王に感謝する。

『公爵家の嫡男になる道は険しかったけれど、多くを学ばせてくれたおかげでこうして今の自分がいる。これからは君と二人で頑張っていきたい。父にはいろいろ思うところがある。けれど僕は王や義父……公爵を支えていきたい。一緒についていきて』

最後にヒロインにプロポーズするシーンは感動ものだ。

その過程で二人は従兄妹《いとこ》同士であり結婚は認められないとかあるのだけど（むしろそれがメインだ）。

レックスも現王の妹姫が降嫁してできた子供であるため、ティアラとは従兄妹《いとこ》同士になる。この国では血が濃すぎると子供が幼くして亡くなることが頻繁に起こっていたため、たとえ従兄妹《いとこ》であろうと結婚は許されていなかった。

故にレックスルートに入っても、アーレイと同じ理由で結婚を反対されるのだけど……運営の完全なる手抜きである。反対理由が一緒って……。まぁだから禁断の恋がテーマなんだけどね。

とりあえずゲームでも現実でも柔和なアーレイのはずなのに、私に対してはあの態度なのだからプレイヤーの立場からだとわからないものだ。

それで前世の記憶がもちろんない幼少期から断罪のあの日まで、王族であるアーレイをコケにした私はティアラ姫に続いて大変な不敬を働いていたのである。

「頭かかえるしかないわね」

あの憎悪に満ちた瞳のアーレイが、いつ自分が王弟殿下の息子だと知るのだろう。知った時、私に不敬だと言い渡すのだろうか。

「やっぱりここから出ない方がいいかもしれない」

「ミレイナ様？」

「ミレイナ？　いるかしら？　旦那様がいらっしゃったわ」

突然廊下からライラ夫人の声が聞こえキャリアと目を合わせる。

なんの準備もできないまま扉は開いて、私とキャリアは慌てて席を立った。

「今日の旦那様はとびきりいい男だよ。しっかりおやり」

ライラ夫人が不適に微笑んだ。彼女より頭ひとつ背の高い男が後ろに立っている。

その彼を目に入れた瞬間驚愕した。

「アーレイ……義兄《にい》さ……ま」

これで攻略対象の三人目が私の前に姿を現したのだ。

「ミレイナ久しぶりだね。元気にしていた？」

「え？　えっええ。元気よ」

言葉をなくしてライラ夫人越しにアーレイを見る。彼は柔和に微笑んだが瞳は笑っていない。

「ラ、ライラ夫人、彼は私の義兄《あに》です」

すぐに視線を夫人に目を向ける。

「そうなの。じゃあ家族水入らず、ゆっくりお話ししなさい」

「そ、そうする……わ」

先ほどまさに会いたくないと思った相手だ。たまらなく不安になる。イリアスやレックスのこともある。

まさか……と思ったけれど、彼は仮にも私の義兄《あに》だ。間違いが起きるなんてない。

私はふうと一呼吸を置いてアーレイを部屋に招き入れた。

ソファに向かい合わせで座ると、すぐにキャリアがお茶をふたつ淹《い》れ、一礼してから出ていった。ライラ夫人もすでに退出済みで部屋にはアーレイと二人きりだ。

この間のレックスとはまた違う緊張感が漂う。さっき思い出したばかりのアーレイの生い立ちと、自分の彼に対する数々の不敬。実に気まずい。

「娼婦の仕事はもう慣れたかい?」

紅茶をちびちびと飲んでいたら、アーレイがストレートに聞いてくる。

私は思わず飲んでいた紅茶に咽《む》せる。

「ああ、大丈夫かい?　ほらこっちの紅茶を飲んで」

私を心配して隣に腰掛けて背中を優しく撫でてくれる。

「あ、コホッ、ありがとう義兄様《にいさま》」

いつになく優しいアーレイを怪しんだが、アーレイからまだ口をつけていない紅茶を受け取り、少しだけ口に含んだ。その間もアーレイは私の背中を摩ってくれる。

断罪された時、憎悪に満ちた表情でこちらを睨《にら》んでいたけれど、自分の思い込みだったのかしら。

隣に座っているアーレイの瞳は笑っていないものの、背中も摩ってくれるしずっと優しい笑みを浮かべている。

私に対してこんな態度を取るアーレイは初めてだ。

「殿下との婚約が取り消しになって、こんな娼館に追いやられて……可哀想に。でも大丈夫。僕が来たからにはもう安心して」

アーレイの言葉に現実を突きつけられて胸が痛む。

でも彼が私を心配してくれていたなんて、流石《さすが》に驚いた。自分がいなくなって清々しているのではと思っていたから動揺もした。

「今日中には無理だけれど、すぐにここから出してあげるよ。さぁ、もう一口飲みな？」

言われるがまま紅茶をもう二口ほど飲むと、さっき咳き込んだ時には気づかなかったいつもよりもわずかに強い甘味を感じる。

砂糖の入れすぎ?

……毒じゃない……よね?

さっきキャリアが淹れてくれたばかりだし、彼女が毒を仕込むことは絶対ないし……

まさか、アーレイ義兄様《にいさま》?

口をつけたカップをマジマジと見つめた。

「ああ大丈夫。毒は入ってないよ。ちょっとだけ気持ち良くなる薬しか」

アーレイが言い終わる前に、私の手からカップが滑り落ちる。ガシャンと音を立てて割れた。

ドッドッドッと心臓が大きな音を立て始める。

「アっ、アーレイ?」

「ミレイナ、カップを割るなんていけない子だね。ドレスに染みができたじゃないか。さぁ、このドレスはもう汚れたから脱ごうか?」

さっきと同じように優しく微笑んでいるのに、言葉から不穏な気配を感じる。

身体が熱い。次第に息も荒くなってきた。

飲まされた薬はおそらく媚薬だろう。

この国ではごく少量の媚薬の販売を許可している。

貴族間での婚姻は政略的のものが多く、お互いの意思など皆無だ。当然初夜も儀礼的なものばかりで、円滑に事を進めるために用いられる場合がある。そのために国公認の媚薬を販売する店があるのだ。稀に趣味嗜好で用いる者もいる。

しかし効きすぎる薬が故に、規定量を超えての摂取は禁止されている。使いすぎれば、理性をなくして一生性を貪《むさぼ》る生き物と化してしまうらしい。

故に国が主体となって公認店のみで販売されている。

「すごいね。ほんの少量を入れただけなんだけど、もう効くなんて」

迂闊《うかつ》だった。いつ薬を入れられていたのかわからない。そもそもカップを持ち上げてもいなかった。咽《む》せた瞬間に入れたの？

少量の紅茶しか飲んでなかったのに、カップを持つ手に力が入らない。迫ってくるアーレイの手をどけることができず、ただその手を見つめるだけだ。

ボタンがひとつ、またひとつと外されていく。これはやばい。このまま、ただ汚れたドレスを着替えさせるだけのはずがない。頭がガンガンと痛む。お酒に酔ったような、熱を出したかのように火照《ほて》る。

「アー……レっイ、自分でっ、はぁ……できます……から……はぁ」

「息が荒くなってきている。もう苦しいんじゃない？　僕に任せて」

ついに最後のボタンが外され、そのままドレスを脱がされて下着のみになってしまった。

義兄《あに》の手で脱がされるなんて恥ずかしいだけでは済まない。

どうして……

「ミレイナの真っ白な肌がほんのり色付いているよ。ああ、吸い付きたくなるね」

体がふわりと浮くような感覚に囚われる。全身が火照《ほて》っているのかおそらく体が少し赤味を帯びているのだろう。舌舐《な》めずりしたアーレイは首筋に顔を落としてチュッと強く吸った。

「アーレイ!?　そんなっ！　……ど……して……！」

私は目を見開いて驚く。

アーレイの行動が理解できない。力の入らない手で胸を押し返そうとするがびくともしない。

「どうして？　そんなの、君を僕のお嫁さんにするためだよ？」

アーレイの手が下着の上からやわやわと掬《すく》い上げるように胸を揉み始める。

「お嫁さんッ!?　私達は……義兄妹でッ……はぁはぁ」

薬のせいか少しでも触られると敏感になった肌が粟立《あわだ》つ。

「そうだね。でも血は繋がってない。君と僕が結婚して子供が生まれれば、ルーティアス公爵家は安泰だ。穢《けが》れなき立派な公爵家だよ。これでもうミレイナが心配するようなことはないんだ」

アーレイは笑みを深めて止まっていた手を再び動かし始める。

円を描くように優しく触れるか触れないかほどの距離で胸を弄ぶ。

「ふぁ……はぁ……心……ぱい？」

アーレイの少し冷たい手が胸の周りを通るたびに、ビクビクと体が震えてしまう。

それほど触れていないのに敏感に感じてしまう。このまま直に触れられてしまえば……

「そう。子供の頃に言ったよね？　フギノコ。おうちが穢《けが》れるって。でも僕とミレイナが結婚して子供を産めば、穢《けが》れなんてなくなるよね？」

アーレイの言葉に驚愕する。

先ほど思い出した彼と初めて会った日に、私が浴びせた罵倒の言葉だ。

まさかそれを根に持っていたというのか。

はぁはぁと荒い呼吸のせいで思うように言葉を発せない。とにかくアーレイと話し合ってきちんと謝らなくては。だけど薬がさらに効いてきたのか、身体が異常に快楽を欲してくる。

「ミレイナとの面会を夫人に頼んでいたのに、ずっと先客がいてね。僕も領地の経営の手伝いがあるし、なかなか忙しくて。義父様は反省するためだけにここにいるって言っていたけど、まさか客までとっているとは。ミレイナのここは、もう僕以外の子種を受け入れたかと思うと実に不愉快だよ」

いやいやと頭を左右に振ってアーレイを必死に押し返そうとする。

だめ。こんなの絶対だめ！

いくら血の繋がりはないと言えども、幼少の頃からずっと義兄妹として過ごしてきた。少なくとも私はずっとそう思ってきたし、今でもそう思っている。

それにアーレイはおそらく私を恋愛対象として思っていない。

幼かったアーレイは私の言葉のせいで心に傷を負っているだけ。

「やめてっ！　私達……兄妹でしょ……？」

「うん。でも僕は君と出会った日から一度も君を妹として見たことがないよ。君の血は尊い公爵家に連なる唯一の高貴な血だ。公爵家を不純な血で継ごうとする僕よりもずっとずっと大切だ。ならそれならやっぱりミレイナは公爵家から出てはいけないよね？でも義父様は僕を跡継ぎにするために養子にした。なら僕はその血を守るために、君と結婚しようと考えた」

　迫ってくるアーレイをなんとか押し返すも、力で負けそうだ。

「殿下との婚約をどうやって解消させようかと思っていたけど、まさかあんな形で大勢の前で糾弾されるなんて大誤算だった」

「やだっ！　アーレイッ！」

　アーレイは話すことに夢中なのか、本気で襲ってはいないけれど、話し終われば本当に犯されるのではと不安がどんどん押し寄せてくる。

「あれじゃあ公爵家が醜聞に塗《まみ》れてしまう。苛立ちすぎてミレイナを憎みさえした。でもその後、陛下があっさりその場を収めたからそれほど被害は出なかったよ。けれど婚約破棄も同時に茶番にされたのはいただけない。でもさっき婚約破棄の話をした時ミレイナは動揺した。どうやら君は会場を去った後のことを知らされてないみたいだね。ふふっ。それならそのまま僕の子を孕《はら》んでしまえばいい」

　呆然とした頭では考えられず、アーレイの言葉が右から左へと流れてしまう。

　大事なことを言われているのに、ちゃんと考えないといけないのに、薬の効果のせいで頬にかかるアーレイの息遣いや腕に触れられる冷たい手に、頭が処理するのを放棄しそう。

焦点の合わない目で見上げれば秀麗なアーレイの瞳がひどく冷たく濁って見える。

ダメ。このまま彼に抱かれてはダメ。

思考が少しずつ戻ってくる。

「さぁ、今日はたっぷりここに僕の子種を注ごうね。避妊薬は呑ませないよ。悪いけど後で薬は全部処分する」

濁った瞳のまま口角をぐいっとあげて微笑む姿は麗しく、まるで天使のようなのに、私には彼が悪魔に見えた。

ソファから慌てて立ち上がろうとしたが、足に力が入らずよろけて床に手をつく。先ほど落としたティーカップのかけらが手のひらに刺さってジクジクと痛む。それでも痛みのおかげかだいぶ思考がクリアになった。少しでもアーレイと距離を取るために四つん這いのまま扉に向かおうとする。

「ふふ。可愛いお尻をこっちに向けてオネダリしているみたいだ。いいよ、後ろからたっぷり突き入れてあげる………っね？」

簡単に足首を掴まれて引きずり戻される。アーレイは自分の穿いているトラウザーズを寛《くつろ》げようとした。

このままでは本当に義兄《あに》に犯されてしまう。私は一生懸命、アーレイに懇願した。

「おねがっ、アーレイ。アーレイ……義兄《にい》さまっ」

今まで一度も本人に向かって義兄《あに》と呼んだことはなかった。

恥ずかしかったし、何より今更どの面下げて義兄《あに》と呼べるだろうか。

だけど、この時は何も考えられなかった。とにかくアーレイを止めなくちゃと、頭がいっぱいでつい彼をいつも心の中で呼ぶみたいに呼んだ。

「……義兄《にい》……さまだと」

私の義兄《あに》呼びにアーレイの手が止まる。同時に薬の効果なのか急激な睡魔に襲われ、私はこの危ない状況の中、意識を手放してしまった。


天界から降りてきた美しい天使のような、私と全く似ていない義兄《あに》。

まだ深夜かそれとも日が昇り始める朝か。

目を開けると隣に天使と見紛うほど美しい顔のアーレイが寝ていた。

驚いて起き上がり、慌てて自分の体を確認する。

どこも汚れておらず、着衣の乱れもない。

それどころか、しっかりと新しいドレスを着ている。

窓を見ればまだ暗闇で、それほど眠っていた感じはしない。ほんの数時間ほどだ。

しかし隣で眠るアーレイを見て不安になった。

いくら体に異常を感じなくてもあの状態で眠ってしまえば、襲ってくださいと言っているのも同然ではないか。しかもアーレイは上半身裸だ。

ベッド内で少し彼に距離をおく。

幸い、そこまで効果は出なかったようで安心だ。

だけど、薬の副作用なのかひどく喉が渇く。

チェストの上の水を飲んでも渇きは拭えなかった。

眠っているアーレイを起こさないようにそっと扉に近づく。

「誰か、誰かいない？」

扉のすぐ前で人を呼ぶ。

「お呼びでしょうか？」

「……キャリア、ちょっと良いかしら？」

こんな深夜遅くなら本来ならキャリアはすでに寝ていて、別の誰かが来ると思っていただけに一瞬躊躇《ためら》った。

ベッドではまだアーレイが眠っている。

キャリアはアーレイが来た時、一緒にお茶をしていたから私達が義兄妹だと知っている。

ベッドに眠る上半身裸の義兄《あに》を見れば怪しさ満点だ。

何もなかったと思うけれど、この状況をまだ幼いキャリアに見せて大丈夫だろうか。

前世の娯楽でライトノベルや漫画にそういう類いのジャンルがあったけれど、あれはあくまで読んで楽しむものだ。

創作物であって現実ではあってはならないと思う。

はぁとひとつため息をついて開いた扉に意識を向ける。

キャリアに見られて誤解されるかもしれない。

けれど一刻も早く水が欲しい。

「ミレイナ様、どうされましたか？」

扉が少しだけ開いてキャリアが見上げてくる。一瞬扉の奥に視線がいってベッドに眠るアーレイを見たけれど、キャリアは表情ひとつ変えなかった。

「ごめんなさい。水と傷薬が欲しいの」

瞳の奥で何を思っているのかわからない。だけどいつもと同じ態度のキャリアにわずかにホッとした。

「……かしこまりました。他に何か必要なものはございますか？」

少しだけ訝《いぶか》しむ素振りをしたのち、すぐに了承してくれた。誤解されていなければいい。

私は首を横に振ってから、ないわと告げる。

「とにかく急いで持ってきてほしいの」

キャリアは頷《うなず》いてすぐに踵《きびす》を返した。

キャリアに水と傷薬を持ってきてもらう間に傷口の汚れを落とすため、浴室へと向かった。

「いたっ……」

手にカップの破片がついてないか、消毒する前に一度洗わないといけない。

水で傷口をすすぐがすごくしみて痛い。

だけどこの痛みはアーレイに与えた心の傷に比べればなんてことはない。

アーレイにあれほど深い傷を負わすことなんてなかったのに。

幼い頃に与えられた傷は大人になってもずっと消えない。

私の両親はアーレイを本当の息子のように扱い、時には優しく時には厳しく育てた。

だけど決して本当の親子にはなれない。どんなに両親が努力しようとも、後からやってきた子供は捨てられないように、嫌われないように、本心を隠して期待に応えようとする。

今思えばいつも努力をしていた義兄《あに》はそんな思いがあったからだ。

どんなに愛を与えられても、決して全部を信じることは難しいだろう。

そこに無神経な子供が、「お前は本当の息子じゃない。養子だ。フギノコ」なんてずっと言ってくれば、どんな子供でも傷つくのは当たり前だ。

ゲーム内でのアーレイの闇は両親に対して素直に信じられない自分を責めることだった。

だけどここでは随分と爛《ただ》れすぎている。

この娼館ルージュ内での出来事は全てゲームにはなかったことだ。ゲームのシナリオから完全に独立していて全く関係ない。

裏ストーリーかと言わざるをえないほど攻略対象達が私の元にやってくる。

これがあのゲームの真実なのか！　って言ってやりたい。制作会社にクレームを入れてやりたい。オープニングの瞬間に退場したモブ以下のキャラをここまでヒーロー達の欲のはけ口にするな！　って声を大にして言いたい！

「だけど、あの女だけは許せない」

断罪前のティアラ姫を思い出してふつふつと怒りが湧いてくる。

ワインをかけたのは私だけど、あの女だけは絶対に許さない。私自身を罵《のの し》るぐらいなら黙っていたけれど、家族を馬鹿にされて怒らない人間はいない。

「……これからはもう少し自重しなくちゃ……」

今までは言われたらすぐに顔に出して反応していた。貴族として生きていくのに感情を顔に出すのは最も低俗な行為だ。

それを今までの私はできなかった。

悪意ある言葉に真正面から向き合って、そのたびに周りは遠巻きに見ていた。

貴族としてそれは致命的なのは知っていたし、わかっていた。王子の妻になるためにたくさん勉強もしてきたけれど、そこだけは改善されなくて王様からもそこを直さなくてはダメだと窘《たしな》められていた。

もう王様にもお会いすることはないと思うと胸が痛む。いっぱいご迷惑をかけたしご心配いただいたけれど、無下には扱われなかった。

可愛がってくださっていたのに本当に申し訳なく思う。

娼館ルージュに来てから私の身体はもうイリアス以外にレックスも受け入れてしまった。

イリアスにはここでちゃんと仕事をしろと言われたから、二度と親しくさせてもらうことはないだろう。いくら性に緩い国でも、王族となれば娼婦を妃にするなどありえない。

ポタリと涙が流れていく。

本当にもっと早く記憶が戻っていれば……

「ミレイナ」

後ろから声がしてびくりと肩が揺れる。

慌てて振り返るとさっきまで寝ていたはずのアーレイがこちらを見ていた。

「アーレイ……」

「……………」

私が彼の名を呼ぶと不快そうな顔をして、無言で近づいてくる。狭い浴室内で近づくアーレイを警戒してゆっくりと後ずさるが、すぐに背中が壁につく。

逃げ場がない中、ついにアーレイの手が私の肩に置かれ、思わず体が強張《こわば》った。

またさっきみたいに迫られるのかもしれない。少しでも抵抗しようとした時、扉を叩く音が聞こえてきた。

チッとアーレイは舌打ちすると、私から離れていった。

キャリアが来たようだ。

心臓がドクドクとうるさく、その場にへたり込む。

その間もアーレイはキャリアと平然と会話を交わしている。

「ミレイナと楽しんでいるから、急ぎの用がなければ帰ってくれるかな」

平然と言ってのけるアーレイに目を瞠《みは》る。

浴室の扉の隙間からアーレイを覗くと、彼はニコニコと微笑んでいる。

「あのっ、ミレイナ様が薬とお水をと」

追い返そうとするアーレイに対し、キャリアが意を決したように私が頼んだものを持ってきたのだと言った。

「ああ、ご苦労。今日は一日ミレイナと過ごすからもう来なくていいよ」

アーレイはキャリアから水と薬を受け取るとすぐに扉を閉めようとする。

このまま彼と二人きりになるのは危ない。これを逃したら誰も来なくなってしまう。

キャリアとコンタクトを取らなければならない。

腰が抜けて思うように立てない。なんとか壁に手をついて扉を開けようとして滑った。

ブラシを落として大きな音が響く。

「…………ミレイナ様は……」

キャリアの声に返事をしようと声をあげたが、アーレイの声に遮《さえぎ》られてしまう。

「何？　大丈夫だよ。ただ、さっきまで遊んでいたから彼女は今入浴中だよ。さっさと下がれ」

アーレイの低い声が部屋にこだまする。

キャリアは間を開けてから退出する旨を伝え、すぐに扉が閉まる音が聞こえた。

数秒後、浴室の扉が大きく開かれる。

「可愛い顔が台無しだよ？」

壁にもたれながらアーレイを睨《にら》みつける。

アーレイは臆することなく、にこりと微笑み、私の腰に触れてくる。

「いやっ！　触らないでっ!!」

アーレイを払いのけようとしてもびくともせず、あっさりかかえられてベッドまで連れていかれる。

今度こそ身の危険を感じて腕の中で暴れるが、彼は安定した力で私をベッドの縁に下ろした。

「アーレイッ！　もうこんなことっ」

「手」

私の言葉を無視して手首を掴まれる。

ギュッと拳を握る指を一本一本広げられる。ティーカップの破片で傷ついた手のひらが見えた。

そのままアーレイはキャリアから受け取った傷薬を私の手のひらの傷に塗っていく。

「いたっ」

「……………すまなかった」

アーレイは一言謝るとそのまま無言で手当てをした。

アーレイの意外な行動に私は動揺してしまう。

彼の行動がわからず、傷の痛みもあり、どうしていいのか頭が混乱してくる。

「ミレイナ。今すぐここから出してやるから僕と結婚しよう」

傷の手当てが終わるとアーレイは両手首を持ち、真剣な顔で私に言う。

「何言って……。私達は義兄妹です。無理ですわ」

アーレイの真っ直ぐな目が怖くてその目を見られずに顔を背ける。

「大丈夫だ。僕がルーティアス家から除籍されればなんの問題もない。元々僕は拾いものなのだから」

そっぽを向いていたアーレイの言葉に驚いて視線をアーレイに戻せば、私など見ておらず暗く淀んでいた。その表情は今にも泣きそうだった。

「何を言っていますの？　今更抜けるなんてお父様だって許さないわ！」

握られていたアーレイの手を握り直し、必死に彼を説得する。今にも消えてしまいそうな彼が家族として心配になる。

「僕が除籍され、君と結婚して君がルーティアス家を継ぐ。僕もその傍らでサポートすればことはうまくいく。ルーティアス家の血も順当な君の血を引くことで守られるんだ。それに僕も、育ててくれた恩や今まで学んできたことを君と一緒に活かせるんだ。これ以上にない、いい案だろ？」

手首がギリギリと強い力で握られ、痛みが増す。

「私はあなたと結婚なんてしないわ！　除籍なんて馬鹿なこと言わないで！　それにこんな醜聞が広まればそもそもルーティアス家が終わってしまう。考え直してアーレイ！」

痛む手首を我慢して必死に彼を説得する。

血など関係ないし、彼はルーティアス家の跡取りとして今まで努力をしてきた。

なのに血というどうしようもないことにこだわるなんてだめだ。

「…………」

「アーレイ。お願いだから考え直して？」

「考え直さない。僕がどれだけ考えたと思うんだ。もう遅い、ミレイナ。遠慮なく僕の元に来られるようにしてやる」

そう言うと同時に私を押し倒す。両手首がベッドに縫い付けられ、拘束される。

「こんなことしてはいけませんわ！　私達は義兄妹です！　血の繋がりはなくてもアーレイ義兄《にい》様はルーティアス家の一員になりました！　ちゃんと私達は家族なのです！　こんなことは……」

「僕はルーティアス家の子供じゃない!!」

いきなり今まで以上の大声を出されて私の体がすくんだ。

「僕は幼い頃に公爵に引き取られた、ただの薄汚い子供だ！　ルーティアス家を薄汚い血で乗っ取る平民だよ！」

アーレイは今にも泣きそうな顔で私を見つめ返す。

「ミレイナの言った通り、僕はルーティアス家に必要ない」

「そんなっ、必要ないなんて言っていませんわ！」

「言ったも同然だよ。だからこそ引き取られた義父のためにもルーティアス家のためにも……純血を守らなければいけないんだ。ミレイナ。歴史ある由緒正しい公爵家が平民の腐った血で汚されてはいけないんだよ」

まるで自分自身を咎《とが》めるように、アーレイは潤む瞳で私を見つめる。

あまりにも傷ついた彼の顔に、私の胸にぐさりと痛みが刺さるような気持ちになった。

アーレイの悲痛な言葉は、今までずっと私が彼を苛《さいな》んできたという証拠だ。

「ミレイナと子を儲けることができれば血統は受け継がれる。たとえ汚い血が混じろうともね」

「血統が全てではないわ。大事なのは領民を幸せにできるかどうかよ」

「そんなことは当たり前だ！　だからこそ愚か者の領主を作らないように、よそ者の血を入れないのが大事だとわからないのか？」

「関係ないわ。育て方を誤らなければ関係ないの」

私がそう言うとアーレイは黙り、後頭部に手を回して強引に引き寄せた。

「何もかも血統が全てだ。僕はルーティアス家を正しき道に進めるためにやっているんだ。領民のためにも……義父のためにも」

アーレイは誰よりもルーティアス家のためを思ってこの暴挙に出たんだ。

きっと引き取ったお父様のためを思って。

血統など関係ない。どんなに重要視しても環境と育てられ方次第で最悪な領主は簡単に生まれてくる。育て方を正しくしても絶対いい領主に育つとは限らないけれど……

それに彼は血統の面においてもなんの問題もない。彼はまだ知らされてないみたいだけど、現王の弟の落とし胤《だね》だ。何代か前のルーティアス家から王家に嫁いだ者もいるのだから、アーレイはルーティアス家の血も混じっているはずだ。

だけどここで私がアーレイの出自を言えるはずない。こんな国を揺るがすような話、一貴族令嬢が口を出してはいけない。

何よりこれは王と上層部、ルーティアス公爵のみしか知らない重要機密。知っていたらお父様共々謀反を疑われかねない。

「それでも私達は義兄妹なのです。正式に書類を交わした立派な兄妹。結婚なんて不可能よ」

どうして自分はヒロインのような状況に陥っているのか。禁断の恋はヒロインがするはずだ。

「………そうだね。ミレイナとの結婚は無謀だろう」

アーレイがポツリと呟《つぶや》いた言葉に私は説得できたと思い安堵しようとする。

「じゃあ」

「でも子供さえできたら、その子を公爵家で引き取ってしまえばなんの問題もない。子が育つ頃に僕は嫡子を、廃嫡を申し出る。その後は君と共に領地の隅でゆっくり暮らそう」

アーレイの瞳を覗き込むと真剣にこちらをじっと見られ、背筋がぞくっと震える。

「たとえ結婚できなくてもミレイナの子供さえいればいいんだよ」

そんなのおかしいと首を横に振る。そんな目的で子供を授かるなんて嫌だ。

「大丈夫。ミレイナは子を産んだらゆっくり領地で過ごせばいい。僕も後で行くから待っていて。あぁ、でも一人じゃ不安だからせめて三人は欲しいかな。でもそうなると当主争いに発展しそうだから、難しいね」

口角はあがっているのに笑わない瞳の奥があまりにも冷たい。

「それで……アーレイは幸せになるのっ？」

震える声でアーレイに問いかけると、彼は一瞬目を見開き口をひき結んで鋭い視線を投げかける。

「幸せだよ」

一言そう告げると、もう話すつもりがないのか乱暴にドレスを脱がしていく。

私の首筋に顔を埋め、生ぬるい舌が首を這う。そのたび気持ち悪さが増した。

レックスのみならず、アーレイまで受け入れることはどうしてもできない。

私達はずっと共にルーティアス家で一緒に過ごしてきた。本当の兄妹のように過ごしてきたからこそ、この行為には忌避感が強すぎる。

娼婦としての仕事なのだから仕方ないかもしれない。

私は涙が溢れてくるのをもう止めようとはしなかった。

誰も助けてくれない。自分が蒔いた種だから仕方ない。人に頼るのは間違っている。

自分で決めてここにいるのだから今更だ。

逃げることも許されず、死ぬこともできない。

ここを出られたとしてももう前のように生きられない。穢《けが》れた身では修道女にもなれない。ここでアーレイに犯されてしまえばもう家にも帰れないだろう。

イリアスにも……もう会ってはいけない。

会えば泣いて縋《すが》りたくなる。

恨み言を言ってしまいたくなる。自分と結婚したくないから娼婦にするなんてあんまりではないかと。

自分から受け入れたはずなのに、全部自業自得なのに。

「おにい……さま。やめ……てっ」

ピタリとアーレイが動きを止める。

私はもう恥も全て捨てて叫んだ。

「アーレイ義兄様《にいさま》！　やめてっ！　義兄様《にいさま》！」

義兄様《にいさま》と何度も呼ぶとアーレイは縫い付けていた手首の拘束をやめ、起き上がる。

「義兄様《にいさま》……」

背中を向けて頭を垂れるアーレイに私は距離を取り、乱れたドレスを直す。

「今更……」

ぼそりとアーレイが呟《つぶや》くが私の耳には届かず聞き返した。

「アーレイ……今なんて？」

「君が僕を義兄《あに》と呼ぶのはずるいよ」

そう言って振り向いたアーレイはうっすらと涙を流していた。

急に部屋の外が騒がしくなった。

気になって扉に目を向けると同時にその喧騒が部屋の前まで近づいてきた。勢いよく扉が開く。

入ってきた人物はズカズカと私達がいるベッドまで近寄り、私の腕を掴んで強く抱きしめる。

「アーノルド？」

アーノルドは私を抱きしめながら、ベッドの縁に腰掛けるアーレイに鋭い視線を向けている。

「アーレイ。あなたはなんてことを！」

「アッアーノルド！違う！私達は何もっ」

「ミレイナ！　いくら家族でも庇《かば》う必要はない！」

アーノルドが誤解しているのを慌てて否定しようとするが、聞く耳を持ってくれない。

「アーレイ。あなたはなんてことをしたんですか？」

アーノルドの言葉などお構いなしにアーレイはそばに置いてあった自分の服を着ていく。

「我が家の事情にあなたは関係ない」

淡々と言うアーレイ。アーノルドの私を抱きとめる腕に力がこもる。

「近親間での性交は禁じられています！　それにミレイナは」

「アーノルド！」

言いかけたアーノルドを静止して下から見上げた。

「アーノルド！　違うの！　私達は本当に何もしていない！」

切羽詰まった声で私はアーノルドの誤解を解く。

「本当に何もされていないんですか？」

アーノルドの質問に何度も上下に頭を振る。

媚薬を飲んだり、浴場やさっきのベッドでの出来事を思い出し、本当に防げたことにようやく安堵する。

ずっと緊張状態が続いたからか、ふわりと香るアーノルドの優しい香水の匂いとしっかりと抱きとめてくれる腕の力に涙が溢れてくる。

「何もされてないよっ」

本当は全くされていないとは言えない。

けれどここで私が何か言えばアーレイの立場がますます悪くなってしまう。

アーレイがフッと鼻で笑う声が聞こえたが、私はアーノルドの胸で涙を流しながら小さく微笑んだ。安堵からか涙が止まらない。

しばらく私の啜《すす》り泣く声が響くだけで室内はしんと静まり返った。

少ししてからアーノルドと一緒に来たキャリアが私に寄り添う。

「ミレイナ様。温かい飲み物でも飲みましょう」

キャリアが優しくそう言って暖かい布を持ってきてくれる。それに頷《うなず》いた私を見てからアーノルドは離れた。

「アーレイ、あなたに話があります」

そう言ってアーノルドはアーレイを連れて部屋から出ていった。アーレイはなんの抵抗もせずにアーノルドの後ろをついていく。その背中を私は呆然と見つめていた。

「ミレイナ様。落ち着きましたか？」

ぐずぐずと鼻を啜《すす》るけれどようやく涙が止まった。キャリアは泣き止むまで静かに寄り添ってくれていた。

「ええ、落ち着いてきたわ。ありがとう」

「よかったです。お薬とお水は足りましたか？」

アーレイが受け取った薬を、キャリアに頼んでいたことを今の今まで忘れていた。

「ありがとう。充分足りたわ！」

キャリアはほっとしたようだった。おそらくアーレイがちゃんと私に渡したのか、気になっていたのだろう。

キャリアは私に何も言わず、ずっと甲斐甲斐しく世話を焼いた。

キャリアもきっと勘違いをしているだろう。

早く誤解を解かないと。でもあの状況を見て信じてもらえるだろうか。

「キャリア。さっきアーレイとは何も……」

「わかっています。キャリアはミレイナ様を信じております」

小さく微笑むキャリアが幼いながらも力強く感じた。

キャリアを抱きしめ、私の肩にキャリアの頭を寄せて後ろから優しく撫でる。

しばらくしてから彼女の肩がフルフルと震え出した。おそらく泣いているのだろう。

「キャリア、ありがとう。大好きよ」

私のために泣いてくれる。

知り合って間もないのに、ここまで親身になってくれるなんて。キャリアがすごく愛しい。

時間など関係ないくらい、短い期間でキャリアと絆ができた。ギュッと抱きしめる手に力を入れる。

何度もうんうんと頷《うなず》く、幼いキャリア。

まるで本当の妹のようだ。この子を悲しませたくない。強く生きなければならない。

この子のためにも自分のためにも。

「キャリアもミレイナ様が大好きです」

キャリアが胸の中で小さく呟《つぶや》いた。その声はちゃんと私に届いた。私はクスリと微笑む。

彼女があまりにも可愛らしくて自然と笑顔になった。本当にこんな小さな体で、いつも私の不安を吹き飛ばしてくれる。キャリアがいてくれるから今はまだここでまた頑張ろうと思える。

「キャリア、お腹すいたわ。ご飯一緒に食べましょ？」

顔をあげると真っ赤になった目が見えてクスクスと笑う。彼女は照れながらもコクリと頷《うなず》いてくれる。可愛い、可愛い私の妹。

あなたのおかげで私は頑張れるの。

お腹すいたとキャリアに言ったけれど、実はあまり食欲はなかった。軽い軽食を運んできてもらってキャリアと一緒にサンドイッチを頬張る。ちゃんと食べるところまでじっとこちらを見るキャリアが面白くてつい笑えば、ちゃんとしっかり食べてください！と叱られた。

可愛いなぁと思わずキャリアの頭を撫でると、少し照れ臭そうにしながらも嬉しそうな笑顔を見せる。張り詰めていた糸が解《ほど》けたように和む。

そうやって過ごしていると扉が叩かれて数秒後にアーノルドが一人でやってきた。

「お待たせしました。ミレイナ」

すぐそばにやってくるとアーノルドはソファに座っている私の隣に腰を下ろした。

男の人の気配に恐怖を覚え、身体が跳ねる。アーノルドは眉尻を下げて辛そうにこちらを覗き込んだ。

「すみません。怖がらせてしまいましたね」

そう謝罪をするとアーノルドはあっさり立ち上がって目の前の席に移動した。

「アーレイはこちらでしばらく預かることにしました。未遂とはいえ、強姦しようとしたことは犯罪に当たります。今すぐにでも牢に入れたいところですが、彼は公爵家嫡男。それに相手は義妹のあなただ。ミレイナの名誉のためにも、彼を牢に入れるのは憚《はばか》りがあります」

アーノルドの言葉に私は慌てて言い返す。

「アーノルド、このことは内密にお願いしたいわ。別にアーレイを罰したいとは思っていないし、できればアーレイに何もしないで家に帰してあげて」

アーレイに押し倒され、間接的ではあるけれど怪我までした。義兄《あに》に襲われそうになる恐怖も味わったけれど、アーレイを罰そうとは一切思わない。ひどいことをされたけれど、アーレイは私の声を聞いてくれた。怪我の手当てをしてくれた。何より私のせいでずっと苦しんできた。それなのにこれ以上彼を苦しめたくない。ひどいことをされてもアーレイは私の家族で兄なのだ。

「しかし！　ミレイナに対してあのような暴挙に出たんですよ。目に見える傷は手のひらだけでも、あなたの心には消えない傷がついたはずです」

アーノルドはそう言って私の手首を掴んで引き寄せた。距離が格段に近くなる。

アーノルドだと知っていても、男の人だということが私を委縮させる。

「僕が手を引いただけであなたは怯えるではないですか。そんな状態になってまでアーレイを守る必要はありません！」

アーノルドは震える私からすぐに距離をおくとソファから下りて私の前に跪《ひざまず》く。

「アーレイには必ず処罰を下します。あなたを傷つけた罪は許せません」

真剣な表情で下から真っ直ぐに見られて私は狼狽《うろた》えた。アーノルドのいつにない真剣さが私には不思議でならなかった。

「どうして……そこまで？」

「…………とにかく彼を二度とミレイナと二人きりにさせないよう僕が全力を尽くします」

アーノルドは立ち上がると私をギュッと抱きしめた。再び少しの恐怖を抱き、身体を跳ねさせても彼は構わず抱きしめる強さを増す。

「僕はあなたの気持ちが伴わない行為を無理強いしません」

抱きしめる力は強いのに、決して苦しくない。

「ミレイナが苦しむようなことは、僕は絶対にしません」

悲痛に訴えてくるアーノルドの言葉に安心する。優しく抱きしめてくれる腕が温かい。

自然と涙がこぼれ落ちてくる。

「ここから必ずあなたを出します。絶対に。だからもう少しだけ待っていてください。すぐに僕がここから連れ出しますから」

アーノルドには嫌われているとばかり思っていた。だからこんなに優しくされると少しだけ戸惑ってしまう。けれど今はこの優しさがありがたくて恐る恐るアーノルドの背中に腕を回した。

「必ず」

一言そう呟《つぶや》いてからアーノルドはそれから何も話さず、しばらくの間私を抱きしめていた。

心細さからみっともなく私はつい彼に縋《すが》った。強がっていても今回のことは相当応えていた。今までの悪逆非道の行いの罰がこうして目に見えてわかったことが何より大きなショックだった。アーレイという大切な家族にずっと私は………

今どうしようもなくイリアスに会いたい。会ってただそばに寄り添ってほしいのに、どうして今彼はいないのだろう。

空が茜色に染まる頃、私にあてがわれた部屋で、アーノルドと穏やかな時間を過ごしていた。

「ミレイナ。今日持ってきた茶葉は自領で特産としているものです。お気に召しましたか？」

「ええ。すごく香りの良いお茶だわ。それにすっきりとした味わいで、私はすごく好み！」

「それはよかった。この茶葉は領独自の栽培方法を取り入れていて他の領でも人気が高いんです」

「納得だわ！　これなら男性も好みそうだし、体型を気にする女性も気軽に飲めるわね」

今日は昼過ぎにアーノルドが私の部屋を訪れた。

手にいっぱいの花束と贈り物を持って現れた彼に私は目を見開いて驚いた。

『ミレイナこんにちは』

メガネの奥の冷たい瞳は鳴りをひそめて、目尻を垂らし甘いマスクで微笑むアーノルドは知的さに甘さがプラスされてとびきりの美丈夫だった。

思わず見惚《みと》れてしまったことに慌てて咳払いをして、何食わぬ顔でアーノルドを招き入れた。

アーノルドは乙女ゲームの攻略対象者だ。

知的でいつもメガネをかけている。そのメガネの奥は深い海のような瞳の色。どこか鋭利さがあって冷たい印象の持ち主だ。

それなのにこうして一緒にお茶を飲んでいるとどこにも冷たさを感じない。

以前の彼は常に私を冷たく見ていたはずで、彼がこの娼館ルージュに私を連れてきた時は、なんの感情も見せずに私をここに置き去りにした。

だけど今目の前に座っている彼は、私の考えが正しければ慈しむような目でこちらを見ている。いたたまれない気持ちにはなるけど、こうして異性と二人きりでこの娼館ルージュ内にいるのに、裸の関係に発展しない。この雰囲気は、私をこの上なく安心させてくれる。

イリアスはいいとして、レックスを受け入れ、未遂ではあるもののアーレイとのこともあって、かなり疲弊していたから、アーノルドの気遣いが心にしみる。

アーノルドがここに通い出してもう五日になる。

彼は贈り物と称して毎日美味しいクッキーやマカロン、面白い本や巷でちょっと人気のボードゲームなどを私のために持ってきてくれる。

そして彼が持ってきたお菓子を食べながら、ゲームをしたり本の感想を言い合ったりする穏やかな日々が続いた。

いつも彼が座るのはこの部屋のテーブルを挟んだ私の向かい側で、あの日強く抱きしめられた日以外はこうして節度を持って接してくれる。私を娼婦として見ないアーノルドとの時間は、擦り切れかけた心を癒し、気持ちが落ち着く。

「このお茶に合うお菓子を用意しました。さぁどうぞ」

そう言って包み紙からチョコレートを出した。一口噛むとパリッと少し硬めのチョコが割れて、中からアーモンドが顔を覗かせる。前世ではアーモンドやナッツなど豆類が苦手だったが今世では大の好物だ。

「ミレイナはアーモンドが好きだと思ったのでこれにしました」

にこりと優しげに微笑んでアーノルドが私を見つめる。

「よくわかったのね」

「ええ。昔あなたと殿下の三人でお茶をした時、アーモンドを前にあなたが目を輝かせたことがありました。甘いお菓子が並ぶ中でアーモンドに熱い視線を注ぐのがおかしくて」

その時の光景を思い出すように目を細める。恥ずかしくて顔に熱が集まる。

「幼い頃のことよ。恥ずかしい」

両手で熱くなった顔を隠すとクスリと笑われた。なんだか少しだけムッとした。アーノルドにアーモンドが大好きだと話したことはない。ただ一度だけ三人でお茶をした時に、アーモンドが出たことはあったけれど、まさか見られていたなんて。

小さい頃から甘いものより塩気のあるものの方が好きだった。もちろん甘いものも大好きだけど、特にアーモンドやナッツに目がなくてお茶会の隅の方に並べられたそれらをこっそり口いっぱいに頬張っていたのが懐かしい。

「キョロキョロと周りを窺って、誰も見ていない隙にリスみたいにアーモンドを頬張る姿は愛らしかったですよ」

さらにカァーッと顔が熱くなる。あのアーノルドが甘い言葉を言うなんて信じられるだろうか。しかもよりにもよってそんな醜態を見られていたなんて……穴があったら入りたい。

「ミレイナにはこれくらいの攻めが効果覿面《てきめん》ですかね？」

何かボソリと言われて首を傾げたが、アーノルドは何も言わずただ微笑んでお茶を優雅に飲むだけだった。

「では僕はこれで失礼しますね」

「アーノルドありがとう。……執務大変じゃない？」

「今殿下が不在で滞っている分はありますが問題ありません」

「……イリアス様はティアラ姫と一緒に公務へ？」

少し躊躇《ためら》ったのち、やっぱりイリアスのことが気になりアーノルドに聞いた。

「いえ、殿下は別の件で城を離れております。……気になりますか？」

扉の前で向かい合い、アーノルドが私の顔を窺う。その表情からは何も感じ取れないけれど、どこか縋《すが》るような寂しさを含んだ瞳に見えるのは気のせいなのか。

「…………うん」

アーノルドと穏やかに過ごしても、気になってしまう。ゲームの進行状況もだけれど、私の頭の大部分を占めるのはいつもイリアスだ。

イリアスが今何をして誰といて誰を思っているのか。

気になって気になって仕方がない。

もう諦めなきゃと思えば思うほど気持ちは募る。愚かで惨めで情けない。

それでもイリアスが気になってしまう。なんて滑稽なのだろう。

「……殿下は……イリアスはもうすぐ……………いえ、ティアラ姫とは別件です」

アーノルドが何か言いかけたが頭を振ってその後を言わなかった。だけどティアラ姫と一緒でなかっただけでアーノルドの前で安堵の息を漏らしてしまった。

「………」

やがてアーノルドは何も言わず一歩私に近寄ると優しく抱きしめた。

男の人の腕に思わずびくりと体が跳ねたけれど、アーノルドはそれ以上のことをしようとはしない。

「大丈夫です。絶対ここから出てミレイナは幸せになれますから。……幸せにできるのが僕であればいい……」

また小さく聞こえないほどの声で呟《つぶや》く。

今日のアーノルドはどこかいつもと違う。一度強く抱きしめた後、すぐにアーノルドは私を離した。

見上げたアーノルドはどこか寂しそうだけど何か強い決意を秘めていた。彼はメガネの奥にある熱を帯びた瞳を細めて笑った。

「アーノルド？」

訝《いぶか》しげに思い、彼の腕を掴むけれどそれをやんわりと外される。

「もう誰にも……僕にもあなたを触れさせてはいけません。本当に好きな人にだけ触れさせなさい」

下を向いてアーノルドはそう言うとまた来ますと一言言って部屋から出ていった。

Side イリアス

『ティアラが公務で城を開ける間、俺は王妃の離宮に向かう』

ティアラの公務スケジュールをアーノルドから聞いた時、俺は迷わずそう言った。

『今城を抜けられれば執務が滞ります！　ただでさえ姫のわがままで夜会が続いて遅れているのに。これ以上遅らせるわけにはまいりません』

『わかっている。しかしもうこれ以上待てん。貴族連中はミレイナの不在を好機とばかりに夜会で自分達の息のかかった令嬢達を押し付けてくる。そればかりかミレイナのルージュでの滞在期間が長くなればなるほど婚約破棄の噂が広まり始めている。このままではミレイナが本当に引きずり下ろされかねん』

尤《もっと》もなことをアーノルドに言っているが、実際は俺自身がミレイナと離れて過ごすことにもう耐えられなくなっていた。

娼館ルージュでミレイナと過ごしていくうちにどんどん欲深くなっていき、こうやって離れて過ごすことが苦痛になった。少しでも彼女がそばにいないとこんなに不安になるなんて思いもしなかった。あんなに煙たく思っていた時期もあるのに、不思議なものだ。たがが外れたようにミレイナを求めてしまうのはもはや執着だ。

王子妃は必ずしもミレイナではなくてもいい。ただ純粋に家柄や適性を求めるならおそらくミレイナよりも優れた令嬢はたくさんいる。

だけど俺は、ミレイナ以外は無理だ。

たとえどんなに優れた令嬢や美しい令嬢が現れようとも、ミレイナと添い遂げられないのなら王子という地位を捨ててもいい。それほどミレイナだけを愛している。

傲慢で勝気で意地っ張りな女ではあるが、彼女ほど貴族でもない普通の市民に寄り添える人はいない。

俺は知っている。昔ルーティアス家で働く一般の料理人達がミレイナのクッキー作りの手伝いをしたことがある。そのクッキーを踏んだ令嬢を彼女は怒鳴りつけたのだ。俺の周りにいた令嬢がわざとミレイナの人形を汚した後、陰で壊れた人形を大事に抱いていたことも。

気性の荒さや嫉妬の強さからミレイナは誤解されがちだが、根はすごく優しい女なのだと俺は知っている。

そんな彼女を俺はいつもの煩わしさやその場の怒りだけで碌《ろく》に話も聞かずに断罪して

しまった。

もう二度と彼女を手放しはしない。愚かな自分が彼女の手を取ることがミレイナにとって最善なのかはわからない。だけどもう俺は彼女以外、無理なんだ。

離れてみてようやくわかった。

『……わかりました。殿下が離宮に向かっている間に私は娼館ルージュを調査します』

『アーノルドすまない。ありがとう』

『……いえ』

アーノルドの返事を聞いて執務室を後にする。静かな廊下で先ほどの彼の表情を思い出す。

最近のアーノルドは以前と比べて俺に対してどこかぎこちない。それはあの夜会でミレイナを糾弾して以来だ。

声には出さずともミレイナを心配しているのがわかる。

今まで主と従僕、そして親友として過ごしてきた。あの時のことがきっかけで俺とアーノルドの関係もまた変わってしまったのかもしれない。気づかぬふりをしていたアーノルドの気持ちとも向き合う時がきた。

「俺はそれでも手放すつもりはない」

見上げた丘の上に王妃がいる離宮が見える。

王都にあるベリー城に比べるとこぢんまりとした城ではあるが、洗練された白亜の城は見事で美しい。王位を譲った王族とその家族が余生を過ごすことが多く、城の向こう側には透き通るほど綺麗な海が広がる。

周りには自然以外何もなく、街に出るには少し時間のかかる場所。王城で執務を忙《せわ》しなくこなしてきた歴代の王達が、誰の干渉もなく穏やかにのんびりと過ごせるのがここ離宮アクアだ。

王妃は王の寵愛を受けた俺の母と俺に危害を加えないという条件の下、自分の息子である第一王子を王太子とし、その身をこの離宮に半ば軟禁されて住んでいる。

ここ最近、第二王子派の貴族達の勢力が増し、俺を王に担ごうとする動きが活発化している。もしかするとミレイナがルージュをすぐに出られなくなったのは俺を陥れようとする王妃の策略の可能性がある。こうして単身で離宮に向かうのは危険かもしれない。

王位を継げないことは生まれる前に決定していた。優秀な兄がその地位を継ぐことが決まっていて幼い頃は兄の予備でしかないことに憤りを感じたこともあった。

兄の代わりが嫌で、自分は王族の義務を捨て武の道を極めようと幼い頃から騎士団に通った。毎日のように稽古をつけてもらい、鍛練を欠かさずこなした。兄とは違う道を進んでいるのだと知らしめたかったから。

毎日の鍛練や騎士団の稽古のおかげかいつのまにか、国一の強さを誇れるようになった。

このまま騎士団長を務めるのもいいのかもしれないと思った矢先、兄がこう言ったんだ。

『イリアスには僕と一緒にこの国をよくしてほしいな』

兄は物語に出てくるような王子で俺から見れば軟弱に見える。

だけど誰よりも頭がよく、誰よりも国の未来を案じられる優秀な王太子だ。ピンと真っ直ぐに背筋を伸ばして立つ姿は俺の憧れでもあった。

それと同時に嫉妬していた。

そんな自分を兄は笑顔で受け止めてくれたから、国や民のことは正直兄ほどには大切に思えなかったけれど、兄と一緒なら頑張れるかもしれないと思った。だから今は王族の義務として執務や公務をするようになった。

そんな兄の母。

俺にとっては母の敵だが、兄にとっては大事な家族だ。できればそこまで争いたくはない。だからこそ今日までのらりくらりと王妃にお伺いを立てていたわけだ。この件に関しては王妃の裁量下で王も関与する。しかし俺は王には言わなかった。

それは、発端は自分であり最後まで自分の尻拭いは自分でしようと決めていたこともあるが、一番は俺自身、王に対して少なからず失望していたからだ。

ティアラが王族に加わったことをきっかけに、俺は初めて王妃や兄の境遇を理解した。俺と母は王の寵愛があったからこそ今までこうして幸せに暮らせてきた。俺自身もそれを信じきっていた。

実はティアラが王が俺達の知らぬ間に別の女に産ませた落とし胤《だね》だと知った時、信じていたことが裏切られた気分だった。

目の前に立った少女は父である王によく似ていた。疑いようのない事実だった。

いきなり城に連れてこられ、おどおどと怯えを見せる姿に庇護欲をそそられた。この子は俺の義妹だと知り、家族として兄として守ってあげなければと思った。

だけど心のどこかで自分や母の立場が危なくなるのではないか。その気持ちが芽生えると目の前に立つ可憐な少女が恐ろしい存在に見えた。自分達もいつか王の寵愛がなくなり、そして…………

その時になって初めて王妃がなぜ躍起になって自分や母を陥れようとしたのか、兄の立場を絶対的なものにしようとしたのか理解した。

王の寵愛など薄氷の上を歩くようなものだ。

一度割れてしまえば這い上がることは難しい。冷たい水の中をもがき苦しむだけだ。

母は強い方だと思う。だけど母は王である父を愛しすぎている。ティアラの存在は母にとってもショックが大きかったみたいだ。

「そういえばミレイナもこんな気持ちでアーレイと対面したのかも知れないな」

ふと愛しい女性との幼い記憶が思い浮かんだ。

まだ今よりずっと幼い頃の話。ルーティアス家にアーレイを引き取った時、珍しくミレイナは意気消沈としていて、この世の終わりだという絶望した顔で俺に会いに来た。

ルーティアス公爵がよそでアーレイを生ませたと勘違いしたミレイナは、ひどくショックを受けていた。普段人前で泣かない少女が号泣して公爵に縋《すが》り付いていたことは今も鮮明に覚えていた。

「お前がこの離宮に来るということは……また母が何かしたのか?」

俺より少しだけ前を歩く茶色の髪をした男は俺よりも細身で顔もあまり似ていない母親違いの兄、サライアス、この国の王太子だ。

離宮の門前まで来ると、門兵が俺の姿を認め、すぐにお引き取りをと言われ困っていたところに兄が現われた。

彼を後ろから覗き見ると、困ったように悲しく笑っていた。

王妃の所業に対して息子である兄もまた苦しめられていた。

ずっと母を顧みない父である王。醜い嫉妬を拗《こじ》らせてどんどん荒んでいく母である王妃。寵愛を一身に受ける異母弟とその母。

本来なら兄は俺達親子を恨んでもおかしくない。幼い頃にミレイナがアーレイを嫌ったように、兄もまた俺達に憎悪を向けても不自然ではなかった。

だけど兄はそんなこと一切しなかった。

いつも王妃が俺達親子を虐《しいた》げた後、必ずこっそりと兄はやってきて「母様がごめんなさい。僕のせいでごめんなさい」と悲しい顔で謝っていた。泣くのを必死に我慢して。

むしろ嫉妬の憎悪を募らせたのは俺の方だった。自分がこれだけ父である王の寵愛を受けているにもかかわらず、優秀である兄に対して。

ティアラが目の前に現れた時、初めて兄に対して自分が向けた感情は全くのお門違いだということを理解した。兄は必死だっただけだ。

危うい自分の立場を必死に振り落とされないように、見限られないようにともがいて苦しんで努力したからこそ優秀だったのだ。俺達親子を憎んでいる暇すらなかったのだ。

兄を見つけるといつも分厚い本を持ち歩いていた。俺達親子が王との晩餐を楽しんでいる間にも一ページ一ページ熱心に読み耽《ふけ》っていたと後になって聞いた。

寝る間も惜しんで勉学していたのは、それしか兄を守ってくれるものがなかったからだった。

王の寵愛が危ういことだと兄は幼い頃から気づいていたのだ。

俺はそれを今の今まで気づかなかった。愚かで浅はかだったと自分を恥じた。

ティアラが来てからは忙しく、またミレイナの件で慌ただしかったため、兄であるサライアスとこうして会えたのは久しぶりだった。もっと兄といろいろ話してきちんと謝りたいと思っていた。兄は今更何を謝るんだと言ってきっと笑うかもしれないが。

この一件が終われば一度兄ときちんと話をしよう。

「いえ、僕が少しやらかしてしまって王妃様に直接お願いに来ただけです」

「そうか。お前がやらかすなど珍しいな。ミレイナ嬢の尻拭いばかりなのに」

クスリと柔らかく微笑んで振り返る。

顔には少しだけ安堵の表情が浮かんでいた。

「まぁ結局はミレイナ絡みなんですがね」

「ふふ。相変わらず君の姫はお転婆だね」

「今回は完全に僕が悪いので」

「本当に珍しいな。それならきちんとミレイナ嬢に謝るんだよ？」

こうして兄と話すと心が洗われる気がする。

俺は、はいとしっかり頷《うなず》いて兄と共に廊下を進んだ。

「今侍従に伝えたから、しばらくはここで待とう」

案内されたのは離宮にある応接室。

王族が余生を過ごす離宮とするだけあって派手さはないが、カップひとつとっても全て洗練されている。

周囲を見れば大きくくり抜かれた窓があり、外にはキラキラと輝くコバルトブルーの海面が広がる。波の音だけが静かに聞こえ、行き交う街の人々の声や大臣達のうるさい声は聞こえてこない。

国を統治するために日夜政務に励んできた王やその家族にとって、この離宮はそんな日々を忘れさせてくれる場所だ。

いつかミレイナをここへ連れてきたいと思った。

ぼうっと窓の向こうに広がる海を眺めていたら兄が突然聞いてきた。

「イリアス。お前は王位に興味はあるか？」

突然の問いかけに思わず兄を凝視した。

急に部屋の空気が張り詰めた気がした。

兄の真っ直ぐにこちらを見つめる瞳から目を離さずにしっかりと答える。

「僕は王位など微塵も興味はありません。隣にミレイナがいるだけで充分なんです」

詰まることなく、するすると答えた。兄はなんの表情も浮かべず、ただじっと俺の顔を窺っている。

「ならばミレイナ嬢が王妃になりたいと望めばお前は王になるか？」

兄の言葉は想定外だった。

ミレイナが王妃になりたいと言うこと自体、思いもしなかった。

ぽかんと呆けた顔で兄を見やったが真剣な顔で見られ、逡巡《しゅんじゅん》し、またはっきりと俺は言った。

「いえ。王に向いているのは僕ではなく兄上です。ミレイナが王妃になりたいと望んでも僕は王にはなりません。ですがミレイナを諦めるつもりもありません」

「ミレイナ嬢の王妃になりたい気持ちを捨てさせるということか？」

グッと拳を膝の上で強く握る。兄が何を聞きたいのか理解した。

「そもそもミレイナはそんなことは望みません。それにミレイナでは王妃を務めることは難しいでしょう。僕もまた、民より国よりも何よりミレイナだけを大切にしたいんです」

今まで毎日のように鬱陶しいくらい片時も離れず隣にいたミレイナ。自分の浅慮のせいで離れてしまい、改めてその存在の大きさに気づいた。

今までの人生でミレイナが隣にいなかったことなどなかった。辛い時も楽しい時も寂しい時も怒っている時も、全部全部ミレイナがそばにいた。ミレイナは俺にとって唯一の片割れだ。彼女を手放す気など毛頭ない。

ミレイナの性格上、王妃に向いていない。嫉妬に燃えて俺の周りに群がる女性にいちいち攻撃するようでは論外だ。貴族、平民関係なく常に慈愛に満ちて、国民全てに愛を捧げるような女性こそが王妃にふさわしい。

今回のことでミレイナはかなり反省したようだが彼女がたとえどんな理由でも今までしたことは変わらない。

それに攻撃的で荒っぽいところもあるが、実際は誰よりも傷つきやすく、またそれを誰かに伝えようとしない彼女では、たとえ王子妃になっても城で生活するのはかなり厳しいものになるに違いない。

だからこそ改めて俺は決断をしたのだから……

「王にふさわしいのは兄上だけです。誰よりも民のことを思い、僕の何倍もの時間を政務や勉学に励んでいた。そんな兄上こそがこの国の上に立つ者だと思っているんです」

淀みなく言う俺に、兄はなぜか驚いて目を丸くさせた。

「兄上、僕は知っているんですよ？　お忍びでよく城下に下りては民の声を聞いているって。この間の政策にしても城下にいる市民のほんの些細な一言から始めたって」

「お前、知っていたのか？」

俺が頷《うなず》くと目を丸くしていたが、やがてフッと優しい笑みを浮かべた。

「そうか……知られていたのか。あの政策は画期的だと、自分の手柄にしようとしたことがバレたのなら恥ずかしいな」

「何を言うんですか。民の声を聞いてちゃんと取り入れようとしているんですから兄上の手柄で間違いないですよ」

「はは。ありがとう、イリアス」

もう一度優しく笑った後、少しだけその表情を曇らせる。

「しかし私だって全てが国のため民のためと思って動いていたわけじゃない。そこにはちゃんと打算的な考えがあった」

視線はカップに注がれていたが、どこか遠い目をする。

兄はこれまでの生い立ちを思い出すように話し始めた。

「今まで私は母が唯一王にねだった王太子という身分だけが頼りだった。小国の姫だった母の後ろ盾はほとんどなかったからな。ましてや王の寵愛も別に向けばその王太子の座ですら危ういものだった。いつ王が母との約束を反故にするかもわからない。母を煩わしく思えば、王はなんの躊躇《ちゅうちょ》もなく私達親子を消すだろう。そんな不安定な場所にいたからこそ、ずっと今日までやってきたのだ。なりふりなんて構っていられなかったんだ」

静かにカップを掲げて口元に運び、少しだけ唇を湿らせると再び話を続けた。

「母は王との溝をついぞ埋めることはできなかった。関係改善すらもう諦めている。小国から単身でこの国にやってきて、唯一の庇護元がまともに守ってくれない。母は城中から卑下され王も城も憎むべきものになった。お前達親子が母に狙われていたように、私達もまた第二王子派の連中に命を狙われてきた。何度も何度もな。母が王に条件を出したのは私の立場固めと身の安全を保証したかったからだ。城よりも安全なこの離宮を住みどころとし、王を後ろ盾とした私が王太子となることで。母と離れ、一人陰謀渦巻く城での生活だ。誰にも隙を見せまいと必死でやってきただけなんだ」

悲しげに笑う兄を見て俺は胸が詰まる。自分の知らぬ王妃と王の話を知って、今まで自分達がなんの憂いもなく王に寵愛され、幸せに暮らしてきたことが恥ずかしくなる。

ずっと王を蔑ろにする王妃が悪いのだと思っていた。自分も周りもそう信じて疑わなかった。しかし当時まだ幼い小国の姫が味方のいない場所で戦っていくには、俺達親子を排除する他なかったのかもしれない。周りは全て敵だらけの中、子を守り、自分を守るために。

「最初はそんな動機で勉学に励んでいた上、母の恨みを晴らすつもりとまではいかないが、意趣返しのつもりで立派な王太子になろうと励んできた。だが、最近は民の声を聞いて国がより良くなっていくのを見るのが本当に楽しいんだ。国を良くするためなら自分が王にならなくてもいいと思い始めていた」

先ほどとは打って変わって穏やかに微笑む。

「兄上」

「イリアスが王になっても、きっと国は良くなるだろうと思っていた」

「しかし僕は何よりミレイナだけを大切にしたいんです」

「ああ、わかっている。それを聞くとやっぱり王位は譲れないなと思ったよ」

クスクスと笑うと兄は少し腰を浮かせ、俺の頭を容赦なく撫でた。

「母にもお前みたいなやつが近くにいればよかったんだがな」

その言葉は俺に聞いてほしくて言った感じはなく、ただ独り言のようだった。

ミレイナは少しだけ王妃と似ているのかもしれない。

誰よりも強く見せようとするが、誰よりも傷つきやすい。

兄の呟《つぶや》きによって一層ミレイナを大事に守っていきたい気持ちが強まった。

わしゃわしゃと俺の整えられた髪を崩すように撫でる兄。その姿は紛れもなく自分の頼れる兄だ。

これほど親密に兄を感じたことはかつてなく、俺は胸が温まって急に泣きそうになった。

「イリアス。何かあればすぐに私に言うんだよ。その時は兄がお前を助けに行くからな」

優しい笑顔に俺は幼子のように屈託なく微笑み返した。

頃合いを見計らったように王妃の来訪が告げられた。俺は兄に話したように、王妃にも自分が王位に興味がないことをはっきりと告げ、自分とミレイナに敵意はないと示すつもりで王妃と対面した。

第五章　ただイリアスに会いたい！

大きな花束をかかえて今日もアーノルドは私の元を訪れていた。忙しい合間を縫って私に会いに来ているのだろう。目の下にはくっきりとクマまでできている。

私はちゃんと休養を取らないと、と窘《たしな》めたがアーノルドはここに来ることが休養なんだと言い張り、通うのをやめようとしなかった。

アーレイはあの後アーノルドの監視下に置かれ娼館を訪れることはなかった。それでもまた別の男が私を指名するのを阻止するために、アーノルドは通っている。

私を心配してやってきているのだ。

申し訳ない気持ちもあるが、これ以上他の男に触れられるのは嫌だ。だから彼を強く追い返せないでいる。

この部屋に攻略対象全員が訪れたが、アーノルドは他の三人と違い、ただそばで寄り添って私に一切触れようとしない。そのことに私はひどく安心していた。

しかし今日はアーノルドの言葉で気分が落ちていた。

明日レックスが、護衛をしていたティアラと共に遠征から帰ってくるという。

さらに、私がここからすぐに出たとしても、もうイリアスの妃にはなれないのだということにも気づいた。

この娼館に来てからいろいろあって大事なことをすっかり忘れていた。

王子であるイリアスの妃になるには処女でなければならない。

私はすでにレックスに抱かれてイリアス以外の精も受けている。

それ以前に、私の処女を捧げたのはイリアスだけれど正式な場ではなく、見届け人すらいない。証を提示できないなら、妃になれる確率はほとんどない。

イリアスはそれを知っていたはずだ。

その上でこの娼館で婚前行為に及んだのだ。それはつまりイリアスは娼館ルージュに私を入れた時点で、私との将来を全く考えていなかったということだ。

アーノルドが目の前にいるにもかかわらず、今更気づいて私は呆然とした。

その事実があまりにも残酷で頭の中が真っ白になる。

幸せだと感じたあの日々が粉々に崩れていく。

「明日はティアラ姫の帰還で執務が増えるため、ここに来るのは難しい。明日は絶対、誰もこの部屋に通さないでくださいね？」

「……わかっているわ。私ももう誰ともしたくないもの」

やっと返事をしたけれど彼の言葉が頭に入ってこない。アーノルドが私を痛ましそうに目を細めて見るものだから、その視線に耐えきれず私は俯《うつむ》いた。

「大丈夫です、ここを出るのはすぐですよ。その先のことはゆっくり考えていきましょう」

不快感を与えないようにそっと優しく私の手を取り、ぎゅっと握る。アーノルドは決してそれ以上のことをしてはこなかった。

私は握り返すことはせず、ただ小さく頷《うなず》いた。

その先のこと……。イリアスがいない先の未来。あぁ、そういうこと。唐突に悟った。

なぜイリアスが私を抱いたのか。そしてレックスがなぜここに通うようになったのか。

アーレイが私に手を出そうとしたのか。アーノルドが優しくここから出してくれると言ったのか。

私に他の男の精を受けさせ、イリアスの妃になるのを阻止しようとしたのだ。

だからイリアスはもう少しこの娼館にいろと言ったし、レックスも私を何度も抱いた。

アーレイに関しては、彼の言う通りルーティアス家のためを思ってだろうけれど。

このタイミングでアーノルドがこう言ったのだから間違いない。なんて壮大な計画なんだろう。

そんなこと知りもしないで、ここで反省してちゃんとやっていこうとしていたのに。

でもそうだ。イリアス達の計画なんか関係ない。これまでの行いを悔い改めようとここにとどまってイリアス以外の相手をしたんだ。結局はイリアスの手のひらで踊らされていたのだとしても、前世の記憶が戻った以上、私は同じことをしただろう。

私との結婚が嫌ならはっきり言ってくれれば、知ってしまった今、傷つくことはなかったのに。

あんなに優しく抱かれて毎日のように甘やかされた日々が嘘だったと、信じられない。

初めからいつもみたいに冷たく突き放されれば、こんなに苦しい思いをしなくて済んだ。淡い期待に胸を弾ませずに済んだ。

アーノルドが目の前で何か話しているけれど頭に入ってこず、視界がだんだんとぼやけていく。

大粒の滴がポタポタとスカートを濡らした。驚いたように差し伸べるアーノルドの手を払いのけもせず、ただただ私は静かに泣いた。

イリアスなんて嫌いだ。それに加担したレックスも嫌いだ。血に囚われたアーレイが嫌いだ。あっさりと事実を告げるアーノルドが嫌いだ。

浅はかで愚かな自分はもっと大嫌いだ。

目が覚めるとベッドの上で寝ていた。

いつのまにか朝はやってきて、部屋にアーノルドの姿はなかった。あの後の記憶は曖昧だ。泣き崩れたまま食事も喉が通らず、ベッドに横たわり深夜過ぎまで泣いていた。アーノルドがいつ帰ったのかすらわからない。いつまでも湧く涙の泉がようやく落ち着いて睡魔に襲われたのだ。それでもほんの数時間前のことだろう。

泣きすぎてズキズキと頭は痛むけれど眠ったおかげか少しばかり頭が冴えた。考えが纏《まと》まってはいないけれど、とりあえず一刻も早くここを離れたい。

イリアスもレックスもアーレイもアーノルドも、彼らがいないところに行きたい。

王都になどいたくない。

鉄格子が嵌《は》められている窓を見る。

前世の家族を思い出した。

「お父さん。お母さん」

会いたい。無性に今、前世の家族に会いたい。

どうして自分は今ここにいるのだろう。やっと家族に恩返しができると思ったのに。

これから頑張っていこうと思っていたのに。

この世界から消えれば元に戻れるのだろうか。

「……そんなことできるわけないよね」

だってここで生きていくと決めた。前世の記憶を取り戻して前世の分までちゃんと生きるって。

今世のお父様や公爵家に仕える人達のことを思い出す。

いつもわがままな私を見捨てることなく、愛情深く育ててくれた。最後に会った時も夜会から抜け出して一緒に憤ってくれた。

あれだけ公爵家のお金を散財したのにもかかわらずお父様は私を心配してくれていた。大好き。

ここを出たらすぐに王都から遠く離れた領地に、ルーティアス家に帰ろう。

どんなに願ってもイリアスの妃にはなれないのだ。

結局イリアスはこの遠征期間中、私の元を一度も訪れなかった。

それは同時にティアラが王都にいなかった期間だ。

結局、最初から物語はシナリオ通りに進んでいたのかもしれない。彼らはティアラのことを話さない。

それは単に私に関係ないことだからかわからない。今、どんな状況なのか、ここにいる私にはあずかり知らぬところだ。

「……やっぱり会いたいな」

優しく微笑むイリアスが脳裏に浮かんだ。皆嫌いだと思っても、やっぱり会いたいのはイリアスなのだ。

どんな顔をして会えばいいのかわからない。

真実を知って、私はイリアスを恨むと思った。憎いとすら思うはずだった。

一晩経って浮かんだのは憎悪でも嫌悪でもなく、ただただイリアスに会いたい気持ちだけ。

これはもはや病気に近い。こんなに執着するほど、私の心はイリアスにしか向かない。もしかするとこれもゲーム設定による補正か何かなのだろうか。

ゲームの私はオープニングの段階で断罪され、追放される。

イリアスに嫌われ振り向いてもらえない中、突然現れた義妹のティアラ。イリアスの瞳がティアラを見とめた瞬間、ミレイナは嫉妬の炎を燃やす。

嫉妬にかられたミレイナがティアラにワインをかけるのだが、私はあの時我慢できないほどではなかった。

確かに面白くはなかった。普段あまり笑顔を見せないイリアスが、ティアラを優しく微笑みながらエスコートしてきたのだから、はらわたが煮える思いはした。

だけどあの時は必死で気持ちを抑えた。

ここで何か手出しすればもう後がないとわかっていたからだ。ずっと周りの貴族達や令嬢達に、イリアスにはふさわしくないと言い囃《はや》されてきた。王様にさえこのままでは妃には迎え入れられないと、事外に言われた。だからこそ、あの場で騒動を起こせばもう本当に妃にはなれないと自覚していたのに。

そんな決意すらひっくり返すほど、ティアラの言葉は私の気持ちをこの上なく逆撫でしたのだ。

大切な家族の……アーレイ義兄《にい》様を貶《おとし》められて。

自分のことならまだ我慢できた。だけど自分の大切な人を貶《おとし》められて平気でいられるほど私は強くなかった。結果、全てを失ったけれど……

でももうどうでもいい。

ここを出られたら、全て忘れる。

忘れて改めて自分がしてきたことをちゃんと反省しよう。使いまくったお金も少しずつ返していくつもりだ。

今はまだイリアスへの想いが強すぎるけれど、いつか気持ちは風化していくはずだ。

頑張ろう。

ギュッと己の手を握る。

自分は負けないと鼓舞して私はベッドから下り、浴室へ向かう。

鏡に自分を映すと、真っ赤に腫れた目が見える。ギョッとしたけれどなぜか笑えてきてクスクスと一人笑う。

ここにハサミがあれば迷わず髪を切ってしまうのに。両手で頬を押さえてから左右に引っ張った。

「大丈夫！　私は弱くない。ここから頑張ろう！」

そう呟《つぶや》いた。

浴室から出るとすぐにキャリアを呼び、ライラ夫人を呼んできてもらうよう告げる。

もうこれ以上誰にも抱かれたくない。

ここで働いて他の男性に抱かれ続けても反省なんてできないとわかったからこそ、もう意味のない行為をしたくなかった。

自分が行ったいやがらせや暴言は償うべきだが、心をすり減らして自らを貶《おとし》めることはすべきじゃない。

自分の心も体も全部自分のものだ。

気持ちの伴わない行為などもう二度としない。

アーノルドがここから出してくれるまでの間、仮病でもなんでも使って誰にも抱かれないようにしたい。

そう思ってライラ夫人に話そうとしたのだが、生憎《あいにく》の不在だった。

一日たりとも娼館ルージュを離れなかったライラ夫人が、三日前からいないらしい。訝《いぶか》しく思ったが今の私には好都合だ。

今日はキャリアに頼んで誰もこの部屋に入れないようにしてもらった。

気持ちもすっかり落ち着いた。まだ目の腫れはひどいけれど冷たいタオルで冷やすと、だいぶマシになった。

昨日から何も食べていなかったから、朝昼兼用で食事を運んでもらい、きちんと全て平らげた。

午後になると仕事が落ち着いたキャリアと二人でお茶をした。私の腫れた目を見てキャリアの顔が曇る。心配させたことに罪悪感を覚えた。

アーノルドやキャリアには話していないけれど、ここを出る時にはキャリアも一緒に連れていくつもりだ。

ここに来て私のことを誰よりも心配して寄り添ってくれた。私の心が壊れなかったのもキャリアがいたからだ。

一緒に娼館を出てやり直したい。この狭い世界よりももっと外の広い世界を、キャリアに見せてあげたい。ここに来る前の私もずっと王都にあるタウンハウスと、ベリー城の行き来のみでそれ以外の世界を知らない。

だけど前世の記憶が戻った私は、世界の広さを知っている。

治安は前の世界よりうんと悪いけれど、それでもどこにも行かないよりずっといい。

キャリアとそれを知っていこうと思うと私の胸は弾んだ。

そんな前向きな気持ちになった矢先、水をさすように彼は突然現れた。

夕食を終えてキャリアも仕事に戻り、一人部屋で寛《くつろ》いでいたその時だった。

「帰って、レックス」

自分よりも背が高く体格のいい彼を下から睨《にら》む。

一歩たりとも部屋には入らせないよう扉前に仁王立ちする。

「つれないこと言うな。遠征から帰還してすぐここに来たってのに」

レックスはニヤリと笑って私の腰に触れようとしてくる。

ティアラの護衛として地方に公務で行っていたけれど、昨日アーノルドは彼らが今日帰ってくると言っていた。

帰ってすぐならいろいろやることもあるだろうし、きっと彼が来ることはないと思っていた。

「離してっ」

触れられたところからゾワリと不快な気持ちが湧く。

前はそんなことなかったのにと、私自身動揺したがそれよりもレックスからすぐに離れたい。腰に抱かれた彼の手を払いのける。

「なんだよっ！　会えなくて寂しいって言ったのは誰だよっ！」

「そんなこと言ってないわ！」

「ここに来られないのかって寂しそうにしてたじゃねぇか！　だから俺は、一刻も早くお前に会いたくてっ！」

払いのけた手首が強引に引き寄せられ、無情にも部屋の中に引っ張り入れられる。すぐ横の壁に囲いこまれた。

「私に会いたいなんて嘘よ。私はもう知ったもの」

震えそうになる体を叱咤《しった》してレックスの顔を真正面から睨《にら》む。涙が出そうになるけれど一生懸命耐えた。

この娼館に来て私は泣き虫になってしまったみたいだ。すぐに泣きそうになる。

「何を知ったって言うんだ！」

「あなたはイリアス様の命で好きでもない女に手を出したんでしょ⁉」

私がそう言った瞬間、レックスはたじろいで目を大きく瞠《みは》った。

わずかに緩んだ拘束から逃れるように私はレックスを押しやり、ソファの前まで逃げてレックスと距離を取った。

「どういうことだ。俺はイリアスから何も命令されてなどない！」

唖然と立ち尽くしていたレックスだが、我を取り戻したようにすぐに私との距離を詰め、腕を掴む。

いくら広い部屋の中といえど体格差のあるレックスには簡単に捕まってしまう。

「離してってば！　嫌っ！　嫌よっ！」

「話を聞けば、かっ！　俺は自分の意思でっ」

「嫌っ！　レックスの言葉なんか聞きたくないわっ！」

「くそっ！」

両腕を離してもらいたくてもがく。話を聞こうとしない私に焦れたのか、レックスは私を無理やり近くにあったソファに押し倒した。

「嫌っ嫌っ！　触らないでっ！　いやっ！」

「なんだよっ！　最後に会った日は俺を受け入れていたじゃねえか！」

強引にレックスの唇が私の唇に重なる。頑なに口を閉ざして彼の舌の侵入を拒んだ。

「んっんーんん」

ジタバタと手足を動かそうとする。レックスは己の体重を使って私の身動きを封じようとした。

話を聞けと言うくせに、彼は真逆の行動をとる。

彼の力強い手がアーレイに拘束されたことを思い出させ、途端に体がカタカタと震え出す。

抵抗が全く効かなかったあの恐怖が蘇える。力が出なくなって瞳に大量に涙が浮かぶ。

にゅるりとレックスの舌が入ってきて、同時に私の纏《まと》っているドレスの胸を掴んで下ろそうとする。全く抵抗しなくなった私を訝《いぶか》しんだのか、慌てて顔を離した。

「ミレイナ？」

カタカタと震える私にギョッとしたようにレックスは拘束していた手を解《ほど》いた。

私は唇を震わせて言った。

「おねがっ。さわらっないっで」

私の怯え方が尋常ではないことに気づいたようだ。レックスが慌てて起き上がり、私を抱き起こそうとした時、勢いよく扉が開かれた。

「ミレイナ？　何があった……」

「レックス!!」

声の主は瞬時に震える私をその腕に抱きしめながら、レックスを睨《にら》みつけた。

レックスは唖然としながら私達を見た。

「イリアス、どういうことだ」

レックスの声が低くなって私を抱きしめたイリアスに問い詰める。

「それはこっちのセリフだ。ミレイナは俺の女だ。なんのつもりで彼女を辱《はずかし》めようとした。事と次第では生かしておけん！」

イリアスも地を這うような低い声でレックスと対峙する。腕に抱いた私をより強く抱きしめた。

レックスは唖然と私達二人を見る。

「意味がわからねぇ。俺の女って言いながら娼婦にしたのはどこのどいつだよ」

ギュッと握り拳を作りながらレックスは鋭い視線を向けてくる。

「ミレイナは娼婦ではありませんよ。レックス」

イリアスとレックスが睨《にら》み合っているとイリアスの後ろから遅れてやってきたアーノ

ルドが静かにそう言った。

「どういうことだ？」

「ミレイナはただ反省の意味を込めて数日娼館に滞在するだけだったんです。それが手違いで娼婦紛いなことをさせられていました」

アーノルドの言葉に先に言葉を発したのはレックスではなくイリアスだった。

「娼婦紛い？」

Side イリアス

あれから兄の助けを借りてなんとか王妃と話をつけた。やはりここ最近の第二王子派の貴族達の動きを懸念しての行動のようだ。だからこそ兄や王妃の前で、きちんと王位に興味がないと言った。

そしてこの件が片付けば王家から臣下に降ることも申し出た。兄を支えることもちゃんと宣言した。

王妃の疑いは完全には晴れていなかったが、兄が俺の味方をしてくれたことで王妃は渋々納得したようだ。

おそらく自分一人では王妃は首を縦には振らなかっただろう。やはりどこまでも兄は優秀だ。この国のトップに立つ人間だと改めて思い知った。その上で兄の下で臣下としてやっていくことがとても楽しみに思えた。

兄が治めるこの国がより豊かになるように自分も力を尽くそう。

ミレイナの契約破棄書をようやく手にした後、初めて王妃と兄と三人で食事を共にした。

早くこの書類を手にミレイナの元に帰りたかったが、兄の手前、無下にすることも憚《はばか》られた。しかしその食事会は思いの外有意義だった。

ずっと母の敵だと思っていた王妃は本当にただの一人の王女様だった。

見せかけだけかもしれない。それでも王妃が食事の間に見せた表情や性格は負けず嫌いで高飛車だけどどこか憎めなかった。

この女性がずっと俺達親子を殺そうとしていたなんて嘘のように思えた。

食事を終えて部屋を退室する際に、王妃は俺に対して深々と頭を下げて謝罪した。

〝今までのことを許せとは言わない。一生恨んでいても構わない。けれどサライアスだけはどうか嫌わないで〟

兄を心から愛する王妃は美しかった。正直すぐに許せるほど幼い頃に受けた傷は浅くない。

けれどいつか王妃のことも義母だと認められればと少しだけ思った。

王妃に会ってことさらにミレイナに会いたくなった。立場も年齢も姿形も似ていないけれど、ミレイナはどことなく王妃に似ている。素直になれない性格も高飛車で勝気な性格も。

もし俺がミレイナの素の姿を知らないで毛嫌いしたままだったら、ミレイナの将来は王妃のように孤独だったのだろうか。

愛する人の愛が一向に自分に向かず、陰で一人ずっと泣いていたかもしれない。

俺はミレイナにそんな寂しい思いをさせていたのだろうか。未来を想像するだけで胸が詰まるように苦しくなる。

その未来を現実にするかのように、俺は今ミレイナを娼館にとどまらせている。

一刻も早く会ってあの場所から連れ出したい。俺は離宮を出ると早馬で王都に向けて走り出した。

離宮から王都は早馬でかけても数日ほどの距離がある。執務をある程度終わらせてからの旅立ちで結局王都に着いたのはティアラの帰還とほぼ同じだった。

夕刻過ぎに王都に着くと、城には帰らずに旅装のまま娼館ルージュへと足を運んだ。

馬を預けて娼館の屋敷に入ったところで玄関口でアーノルドと娼館の使用人が何やら揉めていた。

「アーノルド？　どうした？」

訝《いぶか》しんでアーノルドに後ろから声をかけると、アーノルドはいきなりの俺の登場に目を丸くしたがすぐに平静を取り戻した。

「……少し厄介なことになりました。実はミレイナに客が通されたみたいッ、イリアスッ!?」

アーノルドが最後まで話す前に俺は部屋へと駆け出していた。

ミレイナに客を通さないようにとライラ夫人に言い含めていたはずだ。どういうことだと憤るがライラ夫人に詰め寄るのは後だ。それよりも急いでミレイナのところに行かなくては。

足早に部屋の前に行くと扉はわずかに開いていた。部屋から何やら争う声が聞こえてくる。

一人はもちろんミレイナだが、もう一人の男の声は俺自身も知っている人物だった。

ドクドクと嫌に心臓がうるさい。

そんなまさかと思う反面、どこか腑に落ちる気持ちを押し隠して、急いで部屋の扉を開ける。そこにはミレイナを押し倒すレックスの姿が見えた。

レックスの名を叫び、俺は迷うことなく彼を殴り飛ばし、ミレイナを自分の腕の中に囲む。

ミレイナは俺の顔を驚きの表情で見上げたが、俺は彼女をチラリと見てすぐにレックスと対峙した。わずかに震えているミレイナを強く抱きしめる。

レックスとの対話中もミレイナを決して離しはしなかった。だが後から駆けつけたアーノルドの声で俺は動揺した。

「娼婦紛い？」

その俺の一言で腕の中にいたミレイナがびくりと肩を震わせた。

今までレックスを睨《にら》みつけていた視線を腕の中に囲んだミレイナに落とす。

ミレイナの顔は真っ青になっていた。思わずミレイナの名を呼ぶ。

「ミレイナ？　大丈夫か？」

そう声をかけた瞬間、ミレイナは俺の腕から逃れようともがく。

「はなッ離してっ！　嫌っ！」

ミレイナの突然の行動に動揺する。強く拒絶され、腕の中からミレイナが離れてしまう。

「どうしたんだ？　ミレイナ⁉」

「やっ、触らないでっ、嫌なの！」

そう言って震え〝うぅ〟と嗚咽《おえつ》を漏らし、その場に蹲《うずくま》った。

俺もしゃがみミレイナの肩に触れようとしたが、強い力で振り払われる。

「触らないでっ‼」

「ミレイナ……？」

「うっぅう。ふっ……う」

小さく震える姿は幼い頃に泣いていた様子を彷彿《ほうふつ》とさせる。

その背中があまりにも小さく見えて、俺まで泣きそうになった。

「イリアス。とりあえずここを出ませんか」

何も言えず、ただ蹲《うずくま》るミレイナを眺めていると、後ろに立つアーノルドが静かに呟《つぶや》いた。

アーノルドに振り向いて頷《うなず》き、俺は躊躇《ためら》いつつもミレイナの肩に触れる。

「おねがっ、触らなっ」

「行くぞ」

「……え？」

拒絶されそうになったものの、強引にミレイナの脇に手を入れて立ち上がらせる。

「ここを出るんだ。一緒に行こう」

「ここを出……る？」

「そうだ。もうここにいる必要はない。出るぞ」

「あっ……そ……かっ。…………」

何かに気づいたミレイナは抵抗を一切やめて無表情になった。濡れた頬も気にせず、俺に手を引かれるまま、一緒に部屋から出た。

◇◇◇

イリアスが私を連れて部屋を出た時、あれほど出たいと思っていたのに、呆気ないほど簡単だった。

ただ自分の足で一歩廊下に出ただけだ。

屋敷を出るために廊下を歩きながら一度振り返る。遠ざかる自分にあてがわれた部屋。

やはり屋敷の中で一際目をひく扉をしていた。

初めてここを訪れた時もその部屋だけ異様に大きく見えたから、主賓室だったのかもしれない。娼館ルージュになる前はこの館の主の部屋だったのだろうか。

今は簡素な調度品しかないけれど、昔はそれなりにいい家具が置かれていたのだろう。

そんなことをぼんやりと考えながらイリアスの後ろをついていく。

振り返った時にレックスとアーノルドが少し後についてきていた。彼らの視線は私に注がれていたけれど、それには気づかないフリをした。

もう娼館ルージュに来る前の関係には戻れない。

屋敷の中央階段を下りて玄関前に来た。私は立ち止まりイリアスを呼んだ。

「イリアス様。ひとつお願いがあります」

振り返ったイリアスは優しい瞳をしていた。

イリアスの顔を見るのが怖くて視線を逸らし、両手を揃えて頭を下げる。

「どうかキャリアも一緒に連れていかせてください」

自分だけここを出るわけにはいかない。キャリアと一緒にここを出ると決めた。

自分の力で連れ出せないことが悔しいけど……

「ああそうだな。わかった。今すぐには難しいが、善処しよう」

その言葉を聞いて私は溜めていた息を漏らす。

とりあえずはこれでいい。イリアスが善処するといえば了解とほぼ同義だからだ。

ここを出ると部屋を出る前に言われた時、私はついにきたのだと悟った。

イリアスに結婚できないことを告げられれば、自分は領地に帰る。前日から考えていたことを行動する時がきた。

だから領地に帰る前にキャリアをなんとかしたくてイリアスにお願いした。

ホッと一安心していると私の腰をイリアスがグッと引き寄せる。驚いて見上げると彼は真剣な瞳で私を射抜く。

「ここを出たらミレイナにはきちんと話したいことがある」

「……わかりました」

きっと結婚できないと話すのだろうと察し、下を向いた。

「…………………さぁ出よう」

イリアスはまだ何か言いたげだったけれど、言葉を呑み込んだ。私の腰にしっかりと腕を回して娼館ルージュを後にする。

こうして数か月滞在した娼館ルージュからあっさりと私は解放され、イリアス達王族が住むベリー城にようやく帰れることになった。

着の身着のままで王城に着いた私は、噂を避けるべくただ一人こっそりと裏門から隠れるように入城した。

Side イリアス

馬車の中でミレイナと向かい合わせに座ったが、城に着くまでミレイナがこちらを向くことは決してなかった。

こんな素っ気ない態度のミレイナは初めてかもしれない。

いつもどこに行くにも俺の後ろをべったりとついて回り、離れることをしなかった。

娼館ルージュにいる時もミレイナが俺を拒んだことはない。

さっき拒絶されてから言いようのない不安が胸の中で燻《くすぶ》っている。

結局レックスがなぜいたのかちゃんと聞けぬまま、娼婦紛いなこととはどういうことかわからぬまま、馬車の中は静まり返っていた。

ミレイナが近くにいてこんなに遠く感じたことは今まであっただろうか。

焦る気持ちのままミレイナと一度別れ、足早に自分専用の執務室に入った。

中にはすでに先に馬で帰城していたレックスとアーノルドがいた。

二人はじっと静かに佇むだけで話していた様子はない。

真っ直ぐレックスを睨《ね》めつけた。

レックスも俺の視線に真っ向から対峙する。最初に声を発したのは俺からだった。

「お前は今日あそこで何をしていた」

「好きな女を抱くために会いに行っていた」

今にも殴りたくなるのをすんでのところで止め、握り拳を作り耐える。

「ミレイナは娼婦じゃない。まして仕えるべき主の婚約者と知っての発言か？」

「その婚約者を娼館に落としたのは誰だよ。娼婦じゃないってどういうことだよ」

レックスは低い声で答え、俺をきっと睨《にら》みつける。

一家臣でしかないレックスが王族である俺を睨《にら》むなど、本来は首が飛んでもおかしくない不敬だ。しかし幼馴染で気安い関係だからレックスにそんなことはしない。だからレックスも俺に恐れを抱かない。

「ただ数日ルージュに滞在するだけだった。娼婦の仕事は一切させないという話だった」

「はっ数日？　数か月もいたが？　俺は何回もミレイナの元に通っていっ」

最後まで聞く前に俺はレックスの胸ぐらを掴み思い切り殴っていた。ドンッ！　とレックスが倒れ込むと同時に上に乗る。

「お前は！　お前はミレイナをっ！」

「ミレイナをあの場所に置いたお前が悪いんだろう！　お前がそんなことをしなければ、あいつは今頃大好きなお前と幸せに過ごせたはずだった！　なのにお前が！」

レックスは上に乗る俺に怯むことなく、俺の胸ぐらを掴むと器用に立場を逆転させる。

「人の女に簡単に触れるな！」

「ミレイナは娼婦としてあの娼館ルージュで過ごしてきた！　娼婦として俺以外にも相手をしている！　お前がティアラ姫とよろしくやっている間にな！」

アーノルドは二人の言い合いをただじっと聞いているだけで仲裁に入ってはこない。

「そこでティアラは関係ないだろう！」

「ティアラ姫を好きならさっさとミレイナを諦めて、俺に譲れ！　お前は王族だ。純潔を他の男に捧げたミレイナを娶《めと》ることはできない。俺にミレイナを譲れ！」

「ふざけるな。ミレイナの純潔は誰にも渡してない！　俺がもらったんだ！　ミレイナを他の誰にも譲るつもりはない！」

「はっ!?」

俺の言葉にレックスは目を見開き、掴んでいた腕の力をわずかに緩めた。その隙にレックスを押し退けて立ち上がる。

「俺は最初から王家から抜けて臣下に降るつもりでミレイナの処女をもらったんだ。他の男ではない。俺自身が彼女の最初の相手だ」

立ち上がりレックスを見下す。彼は俺を見つめたまま固まった。

「レックス。イリアスの言葉は本当です。入手した顧客リストにきちんと記載されています」

アーノルドが助け舟を出すように付け加える。

「イリアス……お前、ティアラ姫が好きなんじゃないのか？」

「だからなぜ、家族であるティアラが出てくるんだ？」

はぁとため息をこぼし、意味がわからずレックスを睨《にら》みつけた。

「家族……。そうだけど……それ以上の気持ちがあるんじゃねえのか？」

「はぁー、あるわけないだろ？　ティアラは平民からいきなり王族になったんだ。兄である自分が守るのは当たり前だろう」

意味のわからないことを言うレックスに、怒り狂っていた気持ちがだんだんと冷めてくる。

「だっだけどよ！　イリアスは毎度ティアラ姫のエスコートをしていたじゃないか！」

「エスコートは、彼女の婚約者を決めるまでの期間だけだ。それまでは身内がするのは当然だろう。自分が愛しているのはミレイナただ一人だ」

「……じゃあ、俺の思い込み……」

レックスは戦意を喪失したように項垂《うなだ》れ、そこからしばらく動かなかった。

「レックスがそう思い込むのも無理はないでしょう。イリアスがミレイナを娼館送りにしたのは事実ですから」

俺は盛大にはぁとため息をこぼし、レックスからアーノルドに視線を移す。

「ミレイナが娼婦紛いのことをさせられていたと言っていたな。レックスの他にも客の相手をしていたのか?」

もしそうなら俺はおそらく相手をした客を生かしてはおけない。

レックスも本当は今すぐ殺してやりたい。だが、こいつの気持ちを俺は本当は気づいていた。

俺がティアラに好意を抱いているのならミレイナを譲れと俺に懇願するほど、ミレイナに対するレックスの気持ちは強かったのだ。

俺がミレイナを愛しているように、レックスもまた彼女を愛していたのを知っている。長年の付き合いだ。レックスがミレイナを見る目が他と違うことくらい容易に見抜いていた。

もう一度、ため息をつく。

喧嘩ではなく、きちんと話し合おうとレックスに近づき腕を掴む。ソファにレックスを乱暴に座らせ、俺も自分専用の椅子に座る。

「ミレイナは娼婦のように扱われていましたが、相手をしたのはあなたとレックスだけです。………しかし未遂ですが部屋に通された人物がもう一人います」

「未遂……そいつは誰だ？」

グッと握り拳を作る。爪が食い込んで皮膚を貫きそうだ。

「なんだよ、イリアスもミレイナの元に通っていたのかよ」

ブスッとしたレックスが不貞腐《ふてくさ》れたように呟《つぶや》く。

「アーノルド、誰だ？」

レックスの言葉を無視してアーノルドに先を急かす。

「………アーレイです」

ガタッと音を立てたのはどちらか。

アーノルドの言葉を聞いて俺とレックスは同時に立ち上がっていた。

「アーレイだと!?　嘘だろ!?　あいつはミレイナの兄だぞ!?」

レックスがアーノルドの胸ぐらを掴む。

「アーノルド、それは本当なのか？」

先にレックスがアーノルドに詰め寄って俺は少しだけホッとする。自分もアーレイの名が出た途端、関係のないアーノルドに手を出しそうになったからだ。

「ええ。未遂とはいえ私は彼がミレイナを押し倒しているところを見たので間違いありません」

その場の空気が一気に重くなる。

未遂としても義兄妹での行為は禁止されている。ずっと煙たがっていたと思っていたが、まさかアーレイまでミレイナを好きだったのか？

「アーレイはこの国での近親間での行為について知らぬわけではあるまいに……」

「……ルーティアス家の血を自分の代で平民の血に変えたくなかったそうです」

「馬鹿なっ。アーレイが平民であるわけがないだろうにっ」

「あるわけがない？　アーレイはルーティアス公爵が孤児院から拾ってきたんじゃないのか？」

つい口を滑らせた言葉に、レックスがすかさず追及してくる。俺はアーノルドと顔を合わせて二人で頷《うなず》く。

「これは極秘事項ですが、アーレイは実は亡き王弟殿下の落とし胤《だね》です」

「ハァァあ⁉」

レックスは心底驚いたのか、目を丸くして声をあげた。

「上層部もごく一部しか知らない極秘事項だからな。レックスにも当然言ってない」

「そんなこと言っていいのか⁉」

「よくないだろう。だがお前は今からアーレイのところに行って殴りかかる勢いだろ？　そんなことをされては俺達だけの話ではなくなる。そうなっては困る。だからお前に言ったんだ。お前もそこまで馬鹿じゃない。知ってしまえば動かないだろう？」

「当たり前だ！　俺が動いたらミレイナにまで火の粉が飛んじまうだろっ！　くそっ！」

掴んでいたアーノルドの胸ぐらを、レックスは悪態をつきながらパッと離し、ドサリとソファに座る。アーノルドは表情を一瞬険しくさせてシワになった服を伸ばした。

「アーレイには私から一応話はつけてあるので、おそらく彼から何かを起こすことはありません。それよりもなぜミレイナに客をつけるよう仕向けられたのでしょう。これは王妃の仕業なのですか？」

俺は顎に手を当て考える。

「……正直わからん」

あの時の王妃を思い出しても彼女の仕業なのかはっきり断言できない。猫をかぶっていたのなら大したものだが、兄をよろしくと言った王妃の印象のせいか、王妃の仕業とは思えなかった。

　ふと頭に一人の人物が思い浮かぶ。俺についた新しい護衛、ソルだ。

「……ソルには確かルージュにいるミレイナが危ない目に遭わないように見張らせていたよな？」

「はい。私もミレイナをルージュに連れていった時に彼にも大金を渡し、くれぐれも相手をさせないように言い含めました」

「大金？　アーノルドが？」

　レックスが目を丸くしてアーノルドを見る。

　しかしアーノルドはレックスの方を一度も見ない。

「ソルは今どこにいる？」

「ソルはイリアスが王妃のいる離宮に行った三日前から休暇を取っています」

「そうか。レックス、もう一度聞くがソルは本当に信頼のおけるやつなのか？」

　レックスに聞くと彼はソファの背もたれにもたれかかりながら腕を組み、少しだけ考えた素振りをする。

「ソルは俺が直々に鍛え上げた。剣の才能もあるし目上への態度もいい。採用する上での書類調査は済んでいる。立派な伯爵家の養子にもなっているし、何もやましいことはなかったはずだ」

俺もそれには同意する。俺の側近ともなれば必ず身辺調査は済ませている。

俺にとって不利な相手であった場合、まずいことこの上ないからだ。

「そういえばライラ夫人もここ数日不在だと言っていたな」

「……ソルのこと、今一度調べ直しましょう」

「ああ」

「じゃあひとまず各々行動をしよう。レックスは引き続きティアラの護衛を頼む」

「ああ。それはいいけどよ……」

歯切れの悪い言葉がレックスから返ってくる。

「悪いがたとえお前達だろうとミレイナを譲る気は全くない」

ミレイナに自分以外の誰かが触れた不快感が込み上げてくるのを、俺はため息ひとつで受け流す。真っ直ぐにレックス、そしてアーノルドを見やって言った。

「俺はミレイナを愛している。彼女以外は考えられない。レックスやアーレイがミレイナに触れたとしても、俺はミレイナを手放すことができないんだ。……だからお前達は諦めてくれ」

俺はそう言うや否や立ち上がり、執務室を後にした。

レックスの横を通り過ぎようとした時に少しだけ見えた表情を俺は忘れることはないだろう。

レックスもアーノルドも、自分と同じようにミレイナに特別な感情を抱いている。長年の友である彼らには当然のように幸せになってほしい。だがその相手がミレイナだというのはどうしても我慢ならない。

ミレイナを幸せにするのも彼女の隣にいるのも自分だけだ。

廊下を歩いていた俺はふと立ち止まり、吹き抜けから庭園を眺める。

サラサラと風が舞い、ふわりと花の香りが鼻腔をくすぐる。

今度こそ失敗はしない。誰に止められようとミレイナを己の唯一の妻にすると誓う。

もう二度と離しはしない。

ギュッと拳を握り一呼吸置くと、迷いのない足取りで愛しい女性の待つ部屋へと向かった。

◇◇◇

「はぁ」

私は部屋の中で、窓辺に置かれたティーテーブルについてため息をこぼした。

先ほど城の侍女が温かい茶を淹《い》れてくれたのだが飲む気になれずにいる。ただティーカップを持ったまま、カップの中の揺れる水面をじっと眺める。

勢いに任せてイリアスについてきてしまいひどく後悔している。

久しぶりに娼館の部屋ではない、見慣れたはずの城の部屋。顔をあげて部屋を見渡す。

大きな両開き扉は重厚だが、部屋には女性らしく可愛らしい家具が配置されている。

猫足のローテーブルにふわふわの白いソファ。今座っているティーテーブルには、私の大好きな花が生けられている。花瓶はイリアスが昔私の誕生日にくれたものだ。

娼館ルージュとは比べものにならないくらい広いこの部屋は、イリアスが私専用に設《しつら》えてくれた場所だ。

見慣れた部屋で落ち着くはずなのに、どうして居心地が悪いのだろう。

もう一度深くため息をつく。

「イリアス様に次にお会いしたらしっかり別れの挨拶をしよう」

イリアスはレックスがあそこに通っていることを初めて知った素振りだった。たとえ演技だろうとあそこまでする必要はない。だとすればどちらも状況を知らなかったのだ。

完全に私の勘違いである。

だけどレックスを受け入れた自分はもうイリアスのそばにはいられない。だからこそ私は彼に別れを告げようと考えていた。

そう決めたはずなのに、早すぎる展開についていけない。気持ちがかき乱されて私の目から大粒の涙がぽたぽたと落ちていく。

トントンとノックの音がした。

お城の侍女が何か世話をしにやってきてくれたのだろうか。こんなに泣いている姿を晒《さら》すわけにもいかず、キョロキョロと顔を拭くものを探す。

しかし私の返事を待たずして扉が開かれ、吃驚《びっくり》した。

「ミレイナ、落ち着いたか？　ルージュから慌ただしく帰ってきたから疲れただろ？」

「イリアス様⁉」

「大丈夫か？」

侍女だと思い込んでいたから、現れた人物がイリアスだと知って慌てて立ち上がる。

イリアスが心配そうな顔を浮かべ私の元に向かおうとする。私は声を張り上げてイリアスが来るのを阻止した。

「こ、来ないでくださいませ！」

「ミレイナ？」

驚いて引っ込んだ涙だけど、少し落ち着きを取り戻すと目の前にいるイリアスを見てまた目が潤む。

今から言わなくちゃいけない。

思った以上に早い別れの挨拶になりそうだ。心の整理をつけたはずなのにイリアスの顔を正面から見て言えそうにない。

私はイリアスの顔を視界から外すように視線を下げて別れを切り出す。

「イリアス様。すでにご存じのように、私はもう他の方をこの身に受け入れてしまいましたわ」

声が震え出す。

「だからもう……あなたと……」

涙が再び溢れ出してぽたぽたと床に染みを作った。喉が張り付いたようになって言葉を紡げない。いや、紡ぎたくない。

泣いているところなんて見られたくないのに、床に滴が落ちればバレてしまう。

だけど止めることができなかった。

ずっと幼い頃からイリアスただ一人を想ってきた。

どんなに煙たがれても、どんなに素っ気なくされても、彼の一番そばにいた。

優しく抱かれた時は天にも昇るほど幸せだった。一日中誰の目も気にせず二人きりで過ごした時間は一生忘れることはない。

娼館ルージュに入ってからイリアスをもっと好きになった。離れたくない。

このまま彼の隣で一緒に笑い合っていきたい。だけど私は彼以外を受け入れてしまった。

娼婦として仕方なかったとしても最低な裏切り行為だ。

そんな私がイリアスの隣にいることは許されない。だから……

「イリアス様。……もうおそばにいることはできませっ……!?」

最後の一文字を言い終わる前に、温かく逞しい腕の中に囲まれる。

イリアスにギュッと強く抱きしめられ、私は最後まで告げられなかった。

「い、イリアス様！　あのっ！」

「何も言わなくていい」

「えっ？」

「何も言うな。お前が言いたいことはわかっている」

イリアスはそう言うと少しだけ体を離し、泣き腫れた私の頬に優しく手を添える。

「俺から離れることは許さない」

「でもっ！　私は……自分が許せないのです！　イリアス様がたとえ許してくれても私は自分がしたことを許せません！」

私の目からするすると涙が流れる。イリアスは親指でそっと拭ったけれど、とめどなく溢れてその指を濡らしていく。

「俺がいいと言っているんだ。だからミレイナも自分を許せ」

「でもっ！」

「自分が許せないというのなら、償いとしてその身で俺に一生尽くしてくれ。俺はお前がいないと生きていけない。俺はお前をもう手放すことはできない」

「でもっ、イリアス様……」

まだ納得いかない私の顔に影がさし、イリアスと私の唇が重なった。

最初は軽く触れるだけの口づけ。何度も触れては離れ、触れて離れる。

やがてするりと熱いイリアスの舌が入ってきて抵抗も虚しく私の口内で蠢《うごめ》く。

考えることは山ほどあって、イリアスとはもうここでお別れしなければいけない。なのに散々覚えさせられた淫らなキスにこの先の行為を体が勝手に期待して思考が停止する。

イリアスがそっと唇を離すと私を強く抱きしめる。

「ミレイナ、俺はお前を愛している」

耳を疑った。ずっと嫌われているのだと思っていた。ルージュにいた時もただ性欲のはけ口なのかと思っていた。だけど厚い胸に顔を寄せれば、イリアスの心臓の音がドキドキと忙《せわ》しなく聞こえる。

「俺はお前さえそばにいればそれでいい」

さらに強くギュッと抱きしめられる。

「……もう俺のそばから離れないでくれ」

強く抱きしめられてイリアスの顔を見ることはできなかったけれど、自分を抱く腕が少し震えているのに気づいた。

「俺は……お前以外無理なんだ」

いつも威厳に満ちて堂々としているイリアスからは考えられないほどの弱々しい声。

私をどこにも行かせはしないと強く抱きしめている。

「……それともお前一人守れない俺は嫌になったか？」

身じろいでなんとかイリアスの顔を覗き込むと、今にも泣きそうなイリアスと目が合う。

「すまない。本当は胸を張ってお前を離すつもりはないと言うつもりだったが、いざお前が離れてしまうのではと思うと惨めたらしく縋《すが》り付いてしまう」

「イリアス様……」

涙はもう止まっていた。

イリアスの手が再び私の頬に添えられる。

「俺は王族である以前に一人の男だ。ミレイナ以外と添い遂げるつもりもないし、俺の唯一はお前だ。だからどうか俺から離れていかないでくれ」

今にも泣きそうな表情のイリアスを見て、自分が身勝手にも彼から離れようとしたことを後悔する。

自分のしたことは絶対許されない。彼をひどく傷つけたのに、それをひっくるめて自分から離れられることが嫌なのだとはっきり伝えてくれた。私を愛していると言ってくれた。

私はもう一度イリアスの胸に顔を寄せた。

そして手を伸ばしてイリアスの背中をギュッと抱きしめる。

「私もイリアス様を愛しています」

「ミレイナ！」

今まで彼は無敵で何にも臆したことはなかった。彼の王族としての振る舞いは私から見ても感嘆するほどだった。

第二王子という危うい立場でも立派に活躍する姿に幼い頃から見惚《みと》れていた。彼のように、誰にも負けない強い意志を持つ、そんな存在になりたかった。彼の隣にいるには強い自分じゃなきゃいけない。その一心で今までやってきたんだ。

「本当に心の底からイリアス様を愛しています」

「俺もミレイナを愛している」

だけど彼は完璧なんかじゃない。彼の言うように彼も一人の人間だ。もう一度だけそばにいることを許されるなら……

「もう二度とお前を離さない」

「はい」

ずっと彼は私のことなど好きじゃないのだと思っていた。会いに行けば煙たがれるのは当たり前だった。邪険に扱われることもたくさんあった。彼が私を本当に好きなのか、少し疑いが残るけれど、それでも信じたい。

この身をかけて一生彼に尽くしていきたい。

彼の隣で同じ目線で歩んでいきたい。

重なった唇はじんわりと温かく、涙の味とほんの少しの甘さがした。

イリアスとしばらく抱き合った後、ソファに腰掛けてぴたりとくっつき寄り添っていた。

ふいに廊下から足音が聞こえ、その数秒後に扉のノック音がした。

「アーノルド？」

扉に駆け寄って開く前に名前を呼ぶ。彼の姿を見とめ思わず笑顔がこぼれた。

「やっぱり！　靴の音が聞こえてこの音はアーノルドかしら？　って思ったんだけど正解だったわね！」

「……靴音でわかったんですか？」

「そうよ！　幼い頃からずっとこの部屋で聞いていたし、ルージュにいた時もあなたが来てくれるたびに心が軽やかになったもの！」

その時のことを思い出してクスクスと笑う。

笑う私にアーノルドは手をあげて私に触れようとしたけれど、後ろから聞こえた声でアーノルドは手を引っ込めた。

「誰かはっきりしないうちから扉を開けるな、馬鹿！」

後ろを振り向くとイリアスが呆れた顔で私を叱った。けれども彼の表情には少しの甘さが見えて、怒られているにもかかわらず笑顔になる。

「アーノルドだってわかっていたのよ？　開けても大丈夫よ」

「それが余計にダメに決まっているだろ。俺以外の足音なんか忘れろ！」

イリアスはゆっくりと私の元に来て、後ろから強く抱きしめた。

そして私を抱いたままくるりと回転し、アーノルドは見えなくなった。

「ちょっ、そんなっ⁉」

「まったく。めんどくさい男は嫌われますよ？　イリアス」

ふふっとアーノルドの小さく笑う声が聞こえるけれど、それよりもイリアスの顔に目が釘付けになる。

イリアスは少し顔を赤くさせながらミレイナは渡さないからな」

「たとえお前でもミレイナは渡さないからな」

子供みたいに言うものだからもうどうしようもない。格好いい上に可愛さも秘めているなんてずるい。アーノルドはついに声を出して笑った。

「アーノルド、流石《さすが》に笑いすぎよ！　イリアス様が可哀想だわっ」

そう言う私も耐えきれずに笑っている。

笑い合う私達を見てイリアスは困った顔をした。イリアスはコロコロ表情を変える。

ずっと一緒にいるのに新しい表情ばかり見られて新鮮だ。

イリアスが愛しくて私も頬が緩みっぱなしになる。

「今度こそお披露目の準備をしなければなりませんね」

「今度こそ？」

なんのことかわかっていないのは私だけみたいで、イリアスは咳払いをしている。

「あ、アーノルド！　お前はさっさと仕事をしろ」

「ええ、殿下も急ぎ執務室にお戻りくださいね」

アーノルドは頭を下げるとその部屋を辞した。

彼を見送った後、アーノルドが言ったことをイリアスに問い詰めても、はぐらかす一方で全然教えてくれなかった。

挙句の果てにベッドまで連れていかれて美味しく頂かれてしまった。

絶対問い詰めなくちゃと思ったけれど、この晩、イリアスと久しぶりに幸せな夜を過ごした。

Side イリアス

俺は昨晩自室には戻らなかった。ミレイナの部屋で数日ぶりに心ゆくまで彼女を堪能し、深夜遅くに就寝した。

寝不足ではあるものの、気持ちはすっきりとしてすこぶる元気になった。

執務室に向かうとすでにレックス、アーノルドが顔をつき合わせて硬い表情をしていた。

「どうした」

「殿下。私から一件、レックスから一件ご報告があります」

「わかった、聞こうか」

俺は素早く執務机に着き、アーノルドが持っていた書類を受け取る。

「まずは私から。ライラ夫人が荷物を纏《まと》めて娼館を出ていったようです。それも数日前には姿を消していたみたいです」

「数日前から？」

「はい。今急ぎ夫人の行方を追っています」

「わかった。レックスの報告はなんだ？」

アーノルドの報告を聞いた後、レックスの報告を聞くため目を向ける。

「ああ。ソルとティアラ姫には接点があった。なんとなく怪しく感じたからイリアス達には知っといてもらおうと思ってな」

「ソルとティアラが？」

レックスの報告で驚いたのは自分だけではなく、どうやらアーノルドも同様のようだった。

「二人が接触する機会など今まであったでしょうか？」

ソルも今まで俺の護衛やミレイナのために奔走していて城を空けることが多かったし、ティアラも地方に公務に行っていた。帰ってきたのも数日前で、それ以前には接触する機会は全くなかったはずだ。

ティアラには常に誰かついているし、誰かがティアラに接触すればレックスに報告がいくはずだが、彼は何も聞いてない様子だった。

俺達が知らないだけで、どこかで二人は知り合っていたのか。

「ティアラか……」

「レックス？」

レックスがティアラの名を呟《つぶや》く。俺とアーノルドはレックスの顔を見る。

「そういえば今思い出したんだがイリアスがミレイナを糾弾したあの日、少し前にティアラ姫がミレイナの耳元で何か呟《つぶや》いていたんだ。その直後にミレイナはワインをティアラ姫にかけた」

レックスの言葉に俺とアーノルドは表情を険しくした。

「ティアラがミレイナに？」

「ミレイナがティアラに対し強い態度を取っていたのは事実ですが、ティアラ姫がですか？」

アーノルドの質問にレックスは頷《うなず》いて答える。

「ああ。あの日はいつもイリアスに近寄る女をいじめるミレイナがそれまでは大人しかった。普通に挨拶して帰ろうとしていたんだ」

俺は顎に手を当て思案するも、全く注意を払っていなかったティアラの行動の理由など何も思い浮かばなかった。

「まぁ、でもティアラがミレイナを疎ましく思ったり、娼館に留め置きたい動機はあるな」

レックスが納得したように言う。

「レックス、それはなんだ？　やっぱりミレイナがティアラをいじめていたからか？」

さっぱりわからない俺はレックスに尋ねる。

レックスは、俺をひどく残念なものでも見るような目で見た。

「罪作りな王子だな、まったく」

「同感ですね」

二人揃って呆れた顔をする。

「なんだお前ら、不敬だな」

少し拗《す》ねてそっぽを向くが、一向にティアラの動機が思い浮かばない。

今まで娼館からミレイナを助け出そうと躍起になっていたり、色欲に溺れてミレイナがなぜティアラにワインをかけたのかきちんと理由を聞いていないことに気づく。

「ひとまずアーノルドは引き続き夫人の追跡とソルの動向を監視しろ。レックスはティアラの護衛と何か不審な動きがないか見張っていてくれ」

俺がそう言うと二人は頷《うなず》き、部屋を後にした。

その後ライラ夫人の部屋の下に隠された地下倉庫から何通もの手紙が見つかった。差出人不明の手紙には名前は書いていないものの、ミレイナについてのことだとわかるような内容だった。手紙にはミレイナを娼婦として働かせ、大金を稼いだ後、国外に一緒に逃げようと記されていた。

アーノルドに頼み、すぐにこの手紙の差出人が誰なのか調査を始めた。

第六章　事件の解決のために。

城に戻ってきてから数日が経った。

なぜかイリアスから命じられてこの部屋で半軟禁状態になっている。

この部屋から出てもいいのは近くのお庭だけ。

理由を聞いても教えてもらえないけれど、その代わりに毎日どんなに遅くなってもイリアスがこの部屋に来てくれるので特に困ることも寂しい気持ちもない。

ただ場所が変わっただけでルージュにいた時と大差がない。

あ、でも朝から晩まで食事や着替え、入浴などのお世話を侍女達がしてくれることが増えた。

正直記憶が戻ってからすぐにルージュに行ったし、ルージュではほとんど自分でしていたから、人に世話してもらうのに抵抗ができた。今までそれを抵抗なく受け入れていた自分に驚く。

やってもらって当たり前、なんて思うことじゃないわよね。

「いつもありがとう」

お茶を淹《い》れてくれていた侍女は、自分が娼館にいたことを知る数少ない一人だ。彼女にお礼を言うと彼女の手が止まり、目を大きく見開いて固まった。

「ど、どうしたの？」

私は驚いて少しだけ尻込みした。

「い、いえ、申し訳ございません。その……」

下を向きながらしどろもどろになる侍女に、遠慮せずに言いなさいと言えば、彼女は少し戸惑いながらゆっくりと話し出した。

「ミレイナ様からお礼のお言葉をもらうことに驚いてしまって。あっ、いやっ、そのっ、いきなりだったのでっ、えっと、初めてだったものでっ」

エプロンを掴み、目を泳がせながら彼女は一生懸命に言葉を紡いだ。私は改めて今までの自分の傲慢さを知り恥じた。

この世界で自分より身分の低い者が世話をするのは別に珍しいことではない。けれど以前の自分はそれを当然だと思い、そこでうまくできない人達にひどい言葉を投げかけていたはずだ。

「申し訳ございません。大変失礼なことをっ」

すぐに彼女は頭を下げて謝ったけれど、私はそれをやめさせて彼女の手を握った。

「いいの。気にしないで。今まで傲慢に振る舞ってごめんなさい。いつも美味しいお茶を淹《い》れてくれてありがとう」

彼女に優しくするだけじゃ意味がないけれど、これからは一人ずつ敬意を持って接していきたいと強く思う。

こんなことで今までの償いになんかなるわけないけれど。

「ミレイナ様っ！　謝らないでくださいっ」

「ううん！　いいの。帰ってきてからもこうして私のお世話をしてくれてありがとう」

彼女に微笑むと侍女は涙腺を崩壊させたように、ポロポロと涙をこぼし始めた。

「ミレイナ様！　おかえりなさいませっ！　私は私は、勝手ながらご心配しておりましたっ」

「ごめんなさい。私なんかがあなたに触れるのは嫌よね」

手を離そうとしたら逆に手を握られた。

「そんなことひとつも思いません！　ミレイナ様はいつまでもお綺麗で私のっ……私の

憧れなんです！　本当におかえりなさいませっ！」

そしてついに彼女は声を出しながら泣き始めた。自分の帰りを待っていてくれたことが何よりも嬉しい。

これからは傷つけた人ばかりでなく、多くの人に優しく接していきたい。

「もう泣かないで。ねぇひとつお願いがしたいんだけど、美味しいお茶の淹《い》れ方教えてくれる？　少しなら教わってできるのだけど、あなたのお茶がとっても美味しくて。私の大事な友人に振る舞いたいの！」

いまだに泣き続ける彼女の背中を摩りながらソファに座るように促した。

キャリアが娼館からここに来たらとびきり美味しいお茶を飲ませてあげたい。

大好きな友人に感謝のお礼も込めて自分で淹《い》れたお茶を。

「ほらっ早く泣き止んで」

うんうんと何度も頷《うなず》くけれど、彼女の涙が止まるのにはもうしばらくかかりそうだった。

「今日は公爵の叙爵を祝う夜会が開かれる。そこで今日もまたティアラをエスコートしなければならない」

最近は私が率先してイリアスの正装を整える。普段はイリアス一人で着替えることが多いけれど、私がやってみたいと名乗り出たのでイリアスの着替えを手伝うことが増えた。

私の手がイリアスの言葉で止まる。

「……そう。ティアラをね」

気分よく彼の正装を手伝っていたところにヒロインの名前を言われ、気分が沈む。

そう言えば、とイリアスは何か思い出したように私に質問してきた。

「あの夜会の日、ティアラはミレイナに何か言ったのか？」

思わず私は肩が跳ねてしまう。

「ミレイナ？」

「………なんでもないわ」

嘘をついてしまい、下を向いて目を合わさないようにする。

「ミレイナ」

イリアスが詰め寄って私の顔色を窺うので観念してあの日のことを小声で話す。

「……お義兄《にい》様を馬鹿にされたのよ」

「アーレイを？」

意外だったのか、イリアスは訝《いぶか》しげに私に問い返した。私はしっかりと頷《うなず》いてからイリアスに話し始めた。

「ええ。お義兄様《にいさま》を貶《おとし》めることを言われたわ」

「それは孤児院出身という話か？」

私はコクリと頷《うなず》いた。

「……おかしいな。あの時はまだティアラは王族になりたてで、まだ貴族の名前すら教えていないはずだ。それなのにアーレイの血筋まで知っていたのか？」

イリアスがどんどん険しい顔つきになり、何を考えているのか眉間にシワができる。

そしてイリアスの言葉に私は思い出す。

「…………」

私には思い当たる節があった。ティアラは自分と同じ転生者の可能性がある。あの段階ですでにアーレイ義兄様《にいさま》や他の攻略対象を知っていてもおかしくはない。私もあの時はカッと頭に血が上り、そこまで考えが至らなかった。けれど、本来ならなぜティアラはお義兄様《にいさま》の出自について知っていたのか疑問に思わなければならなかった。

逆上してあの場でティアラにワインをかけたのはゲームのシナリオではなく、意図的にティアラが仕向けたことだったのかもしれない。

私はようやくそのことに気づき瞠目《どうもく》する。

娼館ルージュでのことも本来は数日滞在するだけでよかった。王妃が出館を遅らせたことは間違いないが、イリアス以外と関係を持たなければならなかったことは王妃の仕業ではないとすると……

もしかしてと思ったが、決めつけは良くないと頭を横に振って考え直す。

そんな小説のようにゲームのヒロインが実は一番悪でしたなんてことあるわけないだろう。

ライラ夫人が大金欲しさに目が眩《くら》んだだけだと思いたい。

「ミレイナ。今日は挨拶を大方終わらせたらすぐに帰るから部屋で大人しくしていてくれ。誰が来ても部屋に通すなよ？」

イリアスが私の肩に両手を置いて私に言い聞かせるように話す。

「わかったわ、誰も部屋に入れない」

ようやく顔を上げてイリアスを見れば、どこか不安そうにして私の頬に手を当てる。

「それから勝手に部屋から出るなよ」

フッと表情を緩めてイリアスが笑う。その甘い笑顔は私が一番好きな表情だ。

「大丈夫！　ちゃんとお留守番しているわ！」

「ああ。もし勝手に行動したら、その時は罰を受けてもらうからな」

「望むところよ！」

ふんと威張るように言うと、イリアスは私を引き寄せて抱きしめ、耳元で色気のある低い声で囁く。

「その時は一晩でも二晩でもベッドから出られなくなることを覚悟しとけよ？」

「そっ、そっちの罰なの!?」

耳まで熱くなった私の耳をぺろりと舐《な》め、私はビクッと肩を跳ねさせる。

たったこれだけでイヤラシイ気持ちになる私は重症だ。

「じゃあ行ってくる。今晩は本当にすぐ帰るから入浴を済ませて待っておくんだぞ」

ちゅっとおでこにキスをするとイリアスはそのまま部屋を出ていった。

一人取り残された私は茹《ゆ》だった顔に手を当ててイリアスが出ていった扉を睨《にら》みつける。

「なんてイヤラシイ男なのかしら」

今夜を想像して私はさらに頬を火照《ほて》らせ、念入りに入浴をしようと考えたのだった。

イリアスが夜会に向かった直後、私の部屋にソルがやってきた。

「あなたは……」

ゲームの攻略対象の一人、ソル。彼は実は全てのキャラを攻略し終えるとルートが解放される隠しキャラだ。ヒロインがいた孤児院で育ち、幼馴染として昔からずっと一途にティアラを想う青年。剣の才能に長けていてヒロインをどこまでも守り抜く。

貴族の養子になることで孤児院を離れ、イリアスの護衛としてティアラに再会した後、ソルとティアラの恋は再び燃え上がるのだ。

彼のルートでは身分差が邪魔をする。

すぐに昔のように打ち解け合い二人は結ばれるのだけど、あまりにも差のある身分に結婚を許してもらえず、最終的に二人は駆け落ちする。誰もいない奥地でひっそりと二人きりで幸せに過ごすのだ。

ソルのティアラを想う気持ちは、他のどの攻略対象よりも深くて重い。ティアラに害が及ぼうとすればソルは自分の主であるイリアスにさえ剣を向ける。ティアラ以外は簡単に裏切るのでかなり厄介な性格だ。

いわゆるヤンデレキャラ枠だと当時は思った。

そんなソルが今、目の前にいる。

確か外には扉を守る護衛の人がいたはずだが、イリアスの護衛であるソルだから入る許可を得たのだろうか？　でもイリアスはここを出る際、誰も入れるなと言っていた。

イリアスのことだから、たとえ信頼のおける相手でも入る許可を与えないはずだ。

ニコニコと笑いながら扉の前に立つソルに警戒心を抱き、一歩後ろに下がる。

「お迎えにあがりました」

「お迎え？　なんのこと？」

何をするかわからないソルにそう言われ、どんどん不安になってくる。

「もちろん、あなたの大好きな人のところですよ」

「大好き？　イリアス様は今日ここで大人しく待っていろと言っていたわ」

「変更になったんですよ。あなたに見せたいものがあるとかで」

表情ひとつ変えずに言うソルに、イリアスが本当に呼んでいる気がしてくる。だけどイリアスは私に関しては人を使わず自ら動く。そんな彼がソルに私を連れてこいと言うだろうか。

「今日は気分が乗らないから行かないわ」

この部屋から出るなと言われている。今ソルと二人きりなのは嫌な予感しかしない。

とりあえず人がいるところに行った方がいい気がするけれど、ソルが扉前に立っていて外に出られそうにない。

せめて扉前に立っている護衛の人達に声をかけられれば……

「無駄ですよ。彼らは今少しばかり眠っています」

考えていたことが顔に出ていたのか、私の思考を遮《さえぎ》りソルが告げる。

ソルの言葉に絶句する。

ソルの強さは知っていたけれど、まさかイリアスが直々に選んだ精鋭達をたった一人で。

「まさか……」

「ああ。命に別状はないので安心してください」

「そう……」

ジリジリとさらに後ろに下がり、ソルとなるべく距離を取る。

「あなたに特別強い感情はないんですが、どうしても殿下の近くにいられては困るんです」

「……それはティアラが関係しているから？」

整えられた顔がピクリと引き攣《つ》る。

「あなたごときが呼び捨てにしていい相手ではありません。さぁ、もう行きましょう」

「いっ、行かないわ！　私が従うのはイリアス様だけよ」

どこに連れられていくかわからないのに素直についていく馬鹿はいない。しかもあなたごときなんて侮辱にも程がある。

ソルとは話す機会がなかったけれど、絶対仲良くなれる気がしない。イリアスの護衛とは思えない。

とにかく一瞬の隙をついてなんとか外に出ないと。外に出たところで彼から逃れることは不可能に近いだろうけれど、この部屋で彼と二人きりになる方が絶対にまずい。

このゲームは比較的優しい世界で誰かが死ぬようなことはなかった。

だけどすぐに退場するはずの悪役令嬢である自分が王子に関わっている時点でシナリオがおかしくなっているのは明らかだ。

おまけにソルはヤンデレキャラだ。今ティアラがイリアスルートに入っていたとして、うまくいかない二人を見てソルが邪魔な私を排除しようとするのは何もおかしなことではない。

はぁと面倒くさそうにため息をソルがこぼす。彼の一挙手一投足に集中する。

彼がこちらに近づいてきた隙に扉に走るしかない。近づいてきたタイミングで何か投げるものがないか周りを見た。

真横にあるティーテーブルにお茶がまだ残っているのを確認して、それをソルに投げる算段をつけ、テーブルの方に徐々に近づいていく。

気丈に振る舞っているが体は震えている。こんな恐怖を味わうくらいならまだ娼館にいた方がマシかもしれない。

ごクリと生唾を呑み込んだ時、ソルが動いた。

「時間がないので少し強引にいきます」

彼の長い足であっという間に近くなる。瞬間慌ててカップを彼に投げつけた。

いくら剣技や反射神経が良くても熱いお茶がかかれば少しは隙ができるはずだ。

案の定カップは避けられたものの、お茶がかかったソルは一瞬怯んだ。

私はその隙を逃さず、急いで扉に向かった。

しかし扉を開けようとドアノブに触れそうになったところで、頭に強烈な痛みが走った。目の前が暗くなる。

意識を失う瞬間、イリアスの笑顔が浮かんだ。

「い……リアスさ……ま」

目が覚めると私は見知らぬ場所で寝かされていた。

石畳の上に寝かされていたみたいで少し背中が痛い。上半身を起こすと、さっきソルに殴られたのであろう頭がズキズキと痛む。

「いったぁー。……どここ？」

痛む頭を手で押さえつつあたりを見回すとどうやら小さい教会のようだ。

こぢんまりとしていて、祭壇から玄関扉まで遠くない距離にある。

とりあえずこのままここに寝ているわけにもいかず、私は立ち上がるとすぐに扉に向かい外に出た。

「よぉお目覚めですかぁ？」

外に出た途端、野太い声が聞こえてた。図体のでかい男が数名、私が出てくるのを待ち構えていたようだ。

私は慌てて逃げ場を探したがすぐに囲まれる。教会の中に逃げようとしたところで一人の男に腕を掴まれた。

「嫌っ！　離してっ！」

圧倒的な力で掴まれ、痛みに耐えつつも必死に抵抗する。けれどあっさりと茂みに連れていかれた。

「お嬢さん、ちょっとだけ相手してくれや。いいだろ？　娼婦だって聞いたぜ？」

男の生臭い息が首元を掠《かす》め体がゾワリと嫌悪で震える。大声を出して誰かを呼ぼうとすると口を手で押さえられた。

また別の男が両腕を掴み、後ろ手で縛られて完全に身動きが取れない。

それでも私は抵抗を諦めなかった。くぐもった声で何度も抗う。

「離しなさいよっ!!」

ニヤリと不快に笑う男が舌舐《な》めずりをして私の服を脱がそうとした時、見知った声が響いた。

「ミレイナ!」

アーノルドだ。

彼は急いで私の元に駆けつけ、私を襲っている一人を後ろから強い力で追い払う。

「おいテメェ! いいところを邪魔しやがって!」

「お前達がやったのか?」

アーノルドは私の腕を縛る縄をナイフで切りながら、静かに後ろにいる男達に問いかける。

「あぁ? 聞こえねぇな?」

ハハハッと馬鹿にしたような笑い声がどっと響く。

「おい、兄ちゃん。お前も交ざるっ……ぐわっ」

最後まで言いきる前にアーノルドは男を殴り飛ばしていた。

「汚ない手でミレイナに触れるな。このゲス野郎が」

その言葉を皮切りにアーノルドは男達を容赦なく倒していく。

私が止めに入らなければいけなくなるほど、アーノルドの怒りは凄《すさ》まじいものだった。

「ミレイナ。大丈夫ですか？」

私はコクンと頷《うなず》く。

本気で怒ったアーノルドを見たのは初めてだ。

縄を切ってくれた後は腰が抜けてその場に座り込んでいたけれど、アーノルドの怒りがなかなか収まらないのを見かねて震える足を叱咤《しった》して立ち上がり、アーノルドの腕にしがみついて私は意識を失った相手を殴ろうとするのを阻止した。

ようやく殴るのをやめたアーノルドは私の肩に手を置いて顔を見た。私の頬にかすり傷があったようで痛ましそうな顔をしながらそっと指でその傷を触る。触れるか触れないかくらいの優しい指先。

そして頬に触れそうになったところでアーノルドは私から離れた。

「さぁ戻りましょう。殿下のところに」

アーノルドは私の手に添えると歩けるか確認する。私は辛うじて立ち上がるが恐怖はまだ消えておらず、うまく歩けずに座り込んだ。

「ごめんなさい。腰が抜けたわ」

「無理もありません。怖い思いをしたのですから」

アーノルドは慌てて私のそばまで来てしゃがむ。

「もう少ししたら動けるようになると思うけど」

「ですがここは危険です。あいつらもすぐに憲兵に突き出さないといけない。すみませんが、少しだけ我慢してくれませんか？」

アーノルドはそう言うと私の背中と膝裏に手を入れ、そのまま横抱きにかかえて立ち上がった。

「アッ、アーノルド⁉ 重くないの⁉」

突然お姫様抱きされ、恥ずかしくて顔が熱くなる。

背の高い彼に横抱きにされると自然と目線が高くなる。見慣れない高さに恐怖を覚え、アーノルドにしがみつく。

「いつのまにかミレイナの背を随分抜かしましたね」

ふふとアーノルドが優しく笑ったので私も釣られて笑い返す。ゆっくりとした歩幅で歩くので振動が少ない。きっと私に気遣って歩いてくれているのだろう。

「そうね。小さい頃は誰よりもアーノルドが小さかったよね」

「はい。イリアスやミレイナよりも身長の低い僕はいつも周りに馬鹿にされました」

「そんな話は初耳だわ。誰よ、あなたを馬鹿にしたのは」

「もう誰かは覚えていません。おまけにひ弱で泣き虫だったので、尚更馬鹿にしやすかったんでしょう」

二人で昔の話をしながらゆっくり歩く。懐かしい思い出と自分の知らなかったことが新鮮で、少しだけ気持ちが落ち着いてくる。

「そうね。確かに泣いてばかりだったわねあなた。……でもいつのまにか泣かなくなった」

「……そうですね」

「どうして泣かなくなったの？」

不思議に思い尋ねる。

幼い頃はちょっとのことで泣くような子だったのに、私が気づいた頃にはすっかり泣かなくなっていた。笑いもしなくなった。ひ弱だった彼はイリアスやレックスと共に鍛練し始めた。

「…………好きな子がこっそり隠れて泣いているのを見たからです」

「え？」

アーノルドの言葉が意外で驚く。彼に好きな女の子がいるなんて知らなかった。

「その時ずっと強い女の子だと思っていた子が、本当はとても繊細だと知ったんです。僕もこのまま泣いてばかりいられないと思いました。だから泣くのをやめたんです」

彼の話に驚きっぱなしだ。ずっとイリアス達と共に過ごしてきたはずだけど、彼が他の子と懇意にしているところを見たことがなかった。

「そうなんだ。あなたを変えてくれた子がいたなんて知らなかったわ」

「彼女は僕の親友以外には目もくれませんでしたから」

「それって…………アーノルド!?」

アーノルドが誰のことを話しているのか気づいて彼の顔を見上げようとした瞬間、ドンと鈍い音が聞こえた。その数秒後に私をかかえていたアーノルドが頽《くずお》れた。

「ソルッ」

なんとか私を落とさないように力を入れてその場に下ろし、アーノルドは額に大量の汗をにじませ私を庇《かば》いながらソルと向き合う。

「感動の思い出話はとても興味深いのですが、時間がありません。申し訳ございませんが急ぐのでまた少し眠ってもらえますか？」

ソルはそう言うや否や、素早い動きでアーノルドを気絶させた。

「レックス先輩から直々に教わっておきながら、呆気なさすぎて開いた口が塞がりませんね」

「ソル！　あなたって人は！」

「大人しく強姦に襲われていればいいものを、あなたが声を出すものだから。汚いあなたになど触れたくもないですが、もう後もなくなりました。さっさと終わらせましょう」

そう言うとソルが近づいてくる。私はアーノルドを置いては逃げられず彼を守るように抱きしめる。ソルは私の口元にハンカチを押し当て、私は意識を手放した。

次に目を覚ましたのはどこかの部屋だった。

視界に入ったのは見知らぬ天井だ。慌てて体を起こそうとしたが、ベッドに両手足を拘束されていて身動きが取れなかった。

てっきり山奥に連れていかれて殺されるのかと思ったが、どうやらそうではないらしい。

視線をパッと自分の体に向けると見事に全裸である。

あくまで強姦に襲わせて自らイリアスの元を去らせようとしているみたいだ。

もし自分が彼の立場なら間違いなく山奥に置き去りにするが、なぜ生ぬるい手段を使うのだろう。

いや強姦に襲われるなんて、女性にとっては同じレベルの恐怖か。私の身に今から起こることへの恐怖がどんどん押し寄せてくる。

だけど気を失ったアーノルドをあのまま一人置いていくわけにはいかなかった。何をしでかすかわからないヤンデレキャラの元に大事な幼馴染を置いていけるはずがない。

「お目覚めですか？」

首だけで横を振り向くとすぐ近くにソルがいた。騎士服を脱いでシャツとトラウザーズ一枚というラフなスタイルだ。

「気を失っている間に終わらせようかと思ったのですが、それでは少し味気ないと思ったのであなたが目覚めるのを待っていました。もう少しかかっていればそのまま強行するつもりでしたが、起きていただけてよかった」

ゆっくりとベッドに上がってくるソルに、びくりと体が反応する。

「静かにしないと彼に見られてしまいますよ」

ソルが突然訳のわからないことを言った。身動きが取れない中なんとか部屋を見渡すと部屋の隅にある椅子にアーノルドが縛られていた。

「アーノルド！」

声を出した途端、ソルが私の胸の膨らみに触れた。

「嫌っ！」

「確かにこの大きさ、柔らかさにイリアス様達は夢中になるかもしれませんね。僕はこんなでかい胸、興味ないですが」

ぎゅっと力任せに握られて痛みに顔を歪ませる。

「痛いですか？　でも気持ち良さそうですよ？」

ぷっくりと立ち上がってきましたよと言われて私は顔を背けた。

「やめなさい。こんなことは間違っているわ。あなたは私なんかに触れたくないはずよ？」

誰よりもティアラを思う彼は、彼女以外に触れるのをよしとはしないはずだ。

だからさっき強姦を使って私を襲わせようとした。あくまでも殺さずに私からイリアスの元を去るように仕向けるために。

「もちろん、汚いお前などに触れたくもない。こうして触れている手を切り落としたくなる」

立ち上がった胸の先端を力任せにきりきりと摘まれ、痛みに耐えながらも私は説得を続ける。

「ならもうやめなさい。こんなことしても誰も喜ばないわ」

「いいえ、ミレイナ様、それは違います。僕がここであなたを襲えば、あなたは今度こそイリアス様の前から消えます。そうすれば喜ぶ方がおられるのです」

「……それはティアラ……姫ね」

「……」

一瞬だけ手を止めたが、ソルはまた力強く私の乳房を握る。

「ティアラ姫があなたにこんなことをするよう命じたの？　それであなたは了承したわけ？　あなたの意思など彼女は考えずに？」

「……」

「あなたは、本当はこんなことしたくないはずよ？」

「……」

「だってあなたは、本当はティ……」

「黙れ!!」

ソルは大声をあげると私の首に手を回して力をかけ始める。

「んん、ぐっ、あ」

圧をかけられて呼吸が苦しくなる。

「お前に何がわかる！　僕は彼女の幸せを誰よりも願っている。彼女が望んだ幸せのためなら、僕は好きでもない女を抱くことすら厭わない」

私の首を掴む手が、さっきの男達よりも強い。

「そんなの……間違って……いるわ！　好きなら……こんなこと……する前に彼女に……思いをぶつけてっ、ぐう」

なんとか言葉を紡ごうとするけれど、声に出すのが難しくなる。

「僕達はもう釣り合う身分ではない。それにこうすることを彼女は望んでいる」

意識がもうろうとしながらもソルの言葉を聞いて私は瞠目《どうもく》する。ソルが単独で起こした行動かと思っていたが、どうやらティアラはこのことを知っていて、なお望んでいるらしい。

もし彼女が自分と同じ転生者ならば、ソルが自分を好きなことを知っているはずだ。それなのにその気持ちを利用してまで、彼女はイリアスを自分のものにしたいと考えているの……？

ソルは私の首を絞めていた両手を片手に替え、ピンクの液体の入った小瓶を取り出す。

「なッ……に……？」

ソルはその小瓶を私の目の前で揺らした。

「これは強力な媚薬です」

「びっ……やく……？」

「ええ。これを一滴でも飲めば異常なほどの性欲に支配されます。すぐにでもその欲を満たせなければ、精神に問題が生じることもある。これを全て飲めば………」

ソルが何をしようとしているのか理解して、私は力を振り絞るように暴れ出す。

「安心してください。あなたに飲ませるつもりはありません。ちゃんとあなたの口からイリアス様の元を離れると言ってもらわないといけないので。だからこれは……」

そう言ってソルが目を向けた先に血の気が引いていく。

「まっさか……」

ソルが見たのは私ではなくアーノルドだった。

「僕が捕まるのは構わない。元々そのつもりでこの計画に乗ったのだから。だけどそれを知られては困るんです。とくにイリアス様の側近であるあなたには。起きていますよね？」

私が視線をアーノルドに向けると目が合う。こうやってソルと話している間に起きたらしい。

「ミレイナから離れなさい、ソルッ」

今すぐこっちに来たいようだが、縛られて身動きが取れない。アーノルドは歯を噛みしめながらソルを睨《にら》んだ。

「ちょっとした余興といきましょうか」

ニヤリと笑うソルは私から離れ、ベッドから下りて縛られているアーノルドの方に向かう。

「やっ、やめろ！」

アーノルドの顎を強引に掴むと躊躇《ためら》いもなく媚薬の入った小瓶を傾け、アーノルドの口の中に液体を流し込んだ。

「やめてっ……！」

ゲホゲホと咳き込みながらもアーノルドの喉が嚥下したのが見えた。

「アーノルド!!」

私はすぐにもアーノルドのそばに近寄りたかったが、きつく縛り上げられた縄を解《ほど》くことができない。歯がゆい気持ちだけが募っていく。

このままじゃアーノルドは精神を崩壊させて廃人になってしまう。

「もうさっそく効果が表れ始めましたね」

そう言ってソルはアーノルドの股の部分を見ながら不敵に笑う。

「クソッ!!」

じんわりとアーノルドの額に汗がにじむ。

心なしか呼吸も速くなっている気がする。

満足そうにソルは笑い、そのままアーノルドに背を向けて再び私の元にやってくる。

「ソルッ！」

「余興と言ったでしょう？　さぁミレイナ様、彼の前でたっぷり遊んであげますね」

ソルはクルリと振り返りうっすらと酷薄に微笑む。

「嫌っ来ないでっ！」

暴れても振りほどけない縄とこれから始まろうとすることに私の体は震える。

自分のせいで大切な幼馴染まで傷つけられて、このままじゃ二度といつものアーノルドに戻れなくなるかもしれない。何もできない自分が許せない。

こんなことになるなら最初からイリアスの元を離れればよかったの？　ゲーム通りのシナリオに従えばよかった？　そうしたらアーノルドは媚薬なんか飲まされずに済んだ？

こんな屑に触れられるなんて気持ち悪さしかない。

ソルに対しては嫌悪感しか湧かない。レックスは私に対して真摯に向き合ってくれた。だけどソルは違う。ソルはティアラ以外がどうなろうと気にしないし、嫌いな相手なのに平気で触れてくる神経が気持ち悪い。

じたばたと暴れる私に痺《しび》れを切らしたソルは、いきなりトラウザーズを寛《くつろ》げた。

「面倒くさいから、さっさと終わらせましょう」

私の足首を掴みソルは己を取り出して、私のなんの湿り気も帯びていないそこにあてがおうとする。

「嫌っ！　嫌ぁ！」

彼がまだ立ち上がってもいないものを強引に入れようとした瞬間。

部屋の扉付近から大きな音がしたと同時に、目の前にいたソルの姿が消えた。代わりに見覚えのある、私がずっと想い続けていたイリアスの背中が視界いっぱいに広がった。

イリアスが私を労《いたわ》りながら縄を解《ほど》いて起こす。外から騎士団の制服を纏《まと》った騎士団達が続々と部屋に入ってくる。

イリアスは自分が着ていた上着を私にかけ、シーツを引き剥《は》がすとぐるぐると私に巻き付ける。

「遅くなって悪かった」

私の頬に触れるイリアスの手が微かに震えている。

「もう……だめかと思いました」

イリアスの温かな胸に顔を寄せて心の底から安堵する。

今度こそ絶体絶命の危機だった。イリアスが助けに来なかったら私は心が壊れていたかもしれない。

「間に合ってよかった！」

イリアスの心臓の音がうるさいくらいに響く。心配をかけて本当に申し訳ない。優しくて大きな手で背中を撫でられると自然と涙が溢れた。

イリアスは私を抱きしめ守るように隠しながらソルに対峙する。

「ソル、お前とティアラが企てた令嬢誘拐ならびに次期王子妃を害そうとした罪、免れると思うな」

イリアスが最初に放った強い一撃に圧倒されたソルはその後数人がかりで拘束された。そして彼が告げたティアラの名前。

ソルは動揺をしながらも必死に言い募った。

「全て自分一人が起こした行動です！　イリアス様、どうか！　どうかティアラ姫には！」

ソルは必死でイリアスに懇願する。

「お前達が雇った賊からすでに話は割れている。賊はミレイナを害するのと引き換えに大金をもらったそうだ。賊を雇ったのはティアラ自らだったか。どこでやつらと接触があったのか気になるところだが……。そこはすぐに明らかになるだろう」

イリアスはソルの言葉を何ひとつ聞こうとはしない。

「ちがう!!　雇ったのは僕だ！　僕が全部したんだ！　ティアラは関係ない！　関係ないんだ!!」

さっきまで私を害そうとしたソルはとても冷酷で平静だったのに、今は見る影もない。

「お前達が同じ孤児院出身だともう調べはついている。最近二人で深夜に密会していたのもな……連れていけ」

イリアスの言葉にソルは目を見開き言葉を失った。騎士団員はその間に彼を連れていこうとする。

「イリアス様!!　お願いです！　どうか！」

ソルは必死になって彼らを追い払い、イリアスの前に来て縋《すが》り付く。

私はイリアスの腕の中からソルを窺った。

彼は目に涙を溜めて唾をまき散らしながらイリアスに懇願する。

隠れ攻略対象だけあって彼はとても整った顔立ちだが、今はその面影もない。ただティアラのためだけに必死になっている。

「……ソル。……俺はお前を弟のように思っていたよ。短い間だが今まで俺の護衛を務めてくれてありがとう」

イリアスはいつも以上に優しくソルにそう言うと、それまで泣きついていたソルはしばらく放心状態になり、もう抵抗をする素振りをやめた。

ソルがイリアスの護衛についたのはティアラが城に来てからだ。レックスがティアラの護衛を任されたことで、ソルの上官であったレックスが直々にイリアスに頼んで護衛につかせたのだ。

イリアス自身がかなり強いから、本来はレックス以上に腕が立つ人物でなければ、足手纏《まと》いにすぎない。ソルを受け入れたイリアスには彼に対して何か思い入れがあったのかもしれない。

一度懐に入れた相手はとことん大切にするのがイリアスだ。ソルの裏切り行為に本当はイリアスも傷ついただろう。

私はイリアスの裾部分をきゅっと握る。

「連れていけ」

イリアスは静かに控えていた騎士団に声をかけた。彼らは放心状態のソルを連れて部屋を後にした。

「そういえばアーノルド！」

私は彼らの姿が見えなくなると一瞬安堵したが、アーノルドのことを思い出し慌てて椅子の方に目を向ける。

「アーノルド！」

イリアスはすぐにアーノルドの元に駆けつけて椅子に縛られていた縄を解《ほど》いた。

「お前、手が血だらけだ！」

「くっ！　私に触れないで、くださっ！」

びくりとアーノルドの体が震える。

「イリアス様！　アーノルドが大変なの！　強力な媚薬を飲まされてっ！」

私の言葉にイリアスは険しい顔になる。

「媚薬だと⁉」

イリアスはすぐにアーノルドの口元に鼻を近づけ、微かに残った媚薬の香りをかぐ。

「殿下っ、くうっ」

少しでも触れられると刺激が強いのだろう。アーノルドは必死に耐える。もうずっと息は荒いままだ。

るか!?」
「間違いない。例の媚薬だ。急がなければアーノルドが危険だ！　おい！　まだ誰かい

イリアスは入り口に向かうと残っていた騎士団に声をかける。
「急いで娼館から人をよこしてくれないか!?」
イリアスの指示を聞いた騎士団の人は顔を険しくさせて言い募る。
「はい！　しっしかし娼館に早馬で向かうとも一時間はかかりますが……」
「一時間も待てば確実にアーノルドの精神が崩壊してしまう！　俺が早馬で連れていく
にはもう限界がきている」
アーノルドはもうずっと息が荒く目は潤み、開いた唇からは涎《よだれ》が垂れている。蒸気し
た頬は赤く染まり、今すぐにでも欲を開放したそうだ。
どうするかイリアスは必死に考えを巡らせている。一般女性に承諾を得てアーノルド
の相手をしてもらうには時間がなさすぎるし、アーノルドはれっきとした貴族だ。もし
も何かあっては今後大問題になる。身元のはっきりした相応の相手でなければならない。
だからこそプロの女性が一番好ましい。しかしもう娼館に行くのも彼女達を呼ぶ時間
さえない。このまま友を見捨てるなら……せめて時間稼ぎさえできれば。
「イリアス様」

私は覚悟を決めてイリアスに話しかける。

「ミレイナ？」

シーツで体を包んだままイリアスのそばに近づく。

「私がお相手をいたします」

こうなってしまったのも私のせいだと思う。

だからこそ彼の力になりたい。

「……だめだ」

イリアスは私の言葉を聞いて少し間を空けた後すぐに断る。

「私以外、助けられる人はおりませんわ！」

だけど私も引く気はなかった。

「……っ！」

イリアスは険しい顔をして私を睨《にら》む。

「イリアス様！　アーレイ義兄《にい》様の時にアーノルドは親身になって私を慰めてくれたわ。私はあの時アーノルドに助けてもらったの。だから今度は私がアーノルドを助けたいの」

私は懇願するようにイリアスを見上げる。

イリアスの躊躇《ためら》う気持ちはよくわかる。だけどこれは非常事態だ。大切な幼馴染を、イリアスの大切な友人を私は助けたい。

「お願いです。イリアス様！」

イリアスは私越しにアーノルドを見た。イリアスがさらに難しい表情になる。

その顔がもう時間がないのだと物語っている。イリアスは一度目を瞑《つぶ》り、どうにか感情を抑え込むようにしばらく沈黙した。

「……わかった。ただし条件がある」

私は強く頷《うなず》き返した。

イリアスが出した条件は四つだ。今から娼館ルージュに連絡し、女性を一人呼ぶこと。絶対私には挿入させないこと。念のためキャリアも呼び避妊薬を持参させる。そしてアーノルドには目隠しと、彼からは触れられないように両手の拘束をすること。そしてイリアスの前ですることだった。

「ミレイナっ……」

アーノルドが色気をたっぷり含んだ荒い息で私を呼ぶ。

「アーノルドごめんなさい。こんなことになってしまって、本当にごめんなさい」

恐る恐る息の乱れるアーノルドに近づく。

「気に……しないでくださ……。私が好きで……したのだから」

トラウザーズの中心は大きく張り出して今にも突き破らんとしている。

「私の……方こそ……あなたにこんな……こと……」

切羽詰まったアーノルドは呼吸がすごく乱れている。

「気にしないで！　私があなたを助けるから」

そう言って私はアーノルドのそこにそっと触れた。

「あぁっ」

待ちわびた刺激にアーノルドはビクビクと震える。

目を覆っていても端整な顔だ。声は艶っぽさを含んでいて触れている側なのに壮絶な色気に当てられる。

「んっ」

トラウザーズからアーノルドの剛直を取り出すと、先端はすでにぬめりを帯びていた。

どくどくと脈打つ屹立を目にして、背徳感になんとも言えない気持ちになり、椅子に腰掛けるイリアスに視線を送る。

イリアスと目が合って私はどくんと心臓が高鳴る。

大好きな人の前で別の男の欲望を握るこの状況に、私の秘所は湿り気を帯び始めていた。

「ミレイナ、俺を見てないで手を動かしてやれ」

イリアスの視線に囚われたまま何もせずにいたら彼が指示を出した。私はイリアスの言う通りにアーノルドの剛直を握り直し、上下にゆっくりと動かし始める。

「んあっ、ミレイ……ナッ」

手を動かすとアーノルドのそれはさらに大きく、硬度が増していく。イリアスから視線を外して行為に集中する。目隠しされて手を拘束されたアーノルド。以前された時とは反対の立場にいる。

なんてイヤラシイのだろうか。

その光景はあまりにも淫らだった。自分の動き次第でアーノルドの反応が大きく変わる。自然と私の手も動きが速くなっていく。

「あっああ……でるッ！」

手の速度を増した直後、アーノルドはビクビクと白い液体を噴射した。

「はぁはぁ……」

アーノルドの呼吸はずっと荒いままだ。

「……まだ収まらないみたい……」

出してなお元気なそれに、私は一瞬たじろぐ。

「強力な媚薬だからな。一回や二回で収まるわけがないだろう」

イリアスの言葉に納得する。再びアーノルドの屹立に手を添え、意を決してそれを口に含んだ。

「ミレイ……ナッ……それはっ」

アーノルドは私の行動にひどく動揺したが、温かい口内の気持ち良さに負けたのか再び快楽に身を任せる。

アーノルドの欲望はイリアスやレックスと比べてそこまで大きくはないけれど、長さがあって全部口の中に収められない。

できるだけ奥に咥《くわ》え込むとアーノルドが堪《こら》えきれないように呻き、呼吸を荒らげる。

くちゅくちゅと唾液の音が聞こえる。

その音に刺激され、アーノルドの股の間に座り込んでいた私は自らの足を擦り合わせていた。

「ミレイナっ、もうっ！」

アーノルドが苦しそうに言った。私が口を離す前に勢いよく噴き出し、白濁した液体が口内を占める。

「んんっ」

私は飲み込めずに手のひらに吐き出した。アーノルドのそれはまだ天を仰いでいる。

また手でやろうとしたら、いつのまにかイリアスが私の背後にいて乳房を揉みしだく。

「い、イリアス様ッ⁉」

思わず手を止めて後ろのイリアスに抗議する。

「アーノルドのを咥《くわ》えながら気持ち良くなっていたのか？」

イリアスがニヤリと不敵に笑って私に言った。

「ちっ、違います！」

イリアスにバレていたことが恥ずかしくなり、慌てて否定する。

「ちがっ、あっん」

「そう言うわりにはここは硬くなっている」

纏《まと》ったシーツの上からコリコリと胸の先端を捏《こ》ねくり回され気持ちよくなってしまう。

「ミレイナ手が止まっている。早くしなさい」

「んっ、んん」

イリアスに言われて再びアーノルドに触れて上下に動かし始める。口に含んでは必死に舐《な》めながら、イリアスの愛撫でもう蜜壷が濡れているのがはっきりとわかる。

くちゅり。

「んあっだめ……」

イリアスの指先が私の濡れそぼったそこに触れる。

くちゅくちゅと水音がしてしっかりと濡れているのがバレて恥ずかしくなる。

イリアスの指がたっぷりの蜜で濡れ、入り口を優しく撫でられる。愛撫されながらアーノルドの肉棒を一生懸命舐《な》めた。

「んんっんぁん」

裏の筋を丁寧に舐《な》めて口に含みきれない部分は手で愛撫する。

アーノルドも気持ち良さそうに自ら腰を振り始める。

「ミレイナの……口の中っ……すごく……いいですっ」

イリアスは入り口を撫で回していた指をいきなり中に三本入れてかき回し始める。

アーノルドの言葉がお気に召さなかったらしい。

「あぁっだめっ！　いきなりそんなにっ激しくしちゃっああ」

口からアーノルドのものを吐き出して、イリアスの攻めに私は屈した。

「あぁっ、だめっだめぇっあんっ」

ビクビクと私は呆気なく達してしまう。

「ミレイナが気持ち良くなってどうするんだ？　早くアーノルドを助けてやれ」

明らかにイリアスは今のこの時を楽しんでいた。

私は絶頂の余韻に浸りながらもアーノルドへの奉仕を再開させる。そしてまた時を置かずしてアーノルドは達した。

「ミレイナっ、あなたの中に入れたいっ！」

まだ硬度を保ったままのアーノルドのそれを見ながら私は戸惑う。

「でもそれは……」

もうイリアス以外を受け入れないと決めたのだから、流石《さすが》に裏切るわけにはいかない。

「ミレイナ、お願いです」

目隠しで顔は見えないけれど、アーノルドは切羽詰まったように懇願した。

何度手や口で抜いても衰えを知らない。

彼にとっては拷問に近い状態だ。彼の思うようにさせてあげたい、けれど……

「ミレイナ。俺はお前が俺を愛しているのを知っている」

どうしたらいいかイリアスに助けを求めると彼は私の目を見て優しく微笑む。

「だから大丈夫だ」

私を励ますように頷《うなず》く。これは裏切りではないというイリアスの優しさが心を温かくする。

　私は意を決してアーノルドの縛られている縄を解《ほど》き彼の上に跨《また》がる。

「アーノルド、全てが終わったら今までの倍の仕事量を課すから覚悟しとけ」

「ありがとうございますっ」

　私はゆっくり慎重に腰を下ろしてアーノルドを受け入れていく。

「んっ」

「くっ狭いっ」

　がしっと腰を掴まれて一気に奥に侵入される。アーノルドのそれは長く、あっという間に最奥に到達した。

「あぁっ！」

　奥の敏感な部分にアーノルドの先端が当たり、嬌声が漏れる。

「んっんぁっ」

「ミレイナッ！」

　すぐに下から突き上げられ、最初から激しい抽送に私の腰はがくがくと揺れる。

「あっあっあああっんん」

　アーノルドの下からの突き上げに気を取られていると、イリアスが私の口を塞ぎ肉厚な舌が口内を蹂躙《じゅうりん》する。胸の先端をきゅっと摘まれ、私は呆気なく達してしまい、私の締め付けでアーノルドもまたあえなくイッってしまう。

「すみません。まだ収まりません」

余韻に浸っているうちにいつのまにかひっくり返されて後ろから激しく突かれる。私は息も絶え絶えになりながら快感の攻めに必死に抗った。その間もイリアスとのキスは止まらず半ば酸欠になりながらも夜通し私は前も後ろもどろどろにとろけさせられた。

やっぱりアーノルドもゲームの攻略対象者。

イリアスやレックスと同じ絶倫野郎だった。

この世界の男は皆絶倫なの？

Side イリアス

「ぐっすり寝ていますね」

アーノルドが愛おしそうにミレイナを見る。

なんとなく面白くない。

「無理もない。朝までぶっ続けでしていたからな」

俺とアーノルドの間で綺麗にされたミレイナはぐっすりと眠っていた。

彼女は先ほどまで俺達に攻め立てられ、ついに疲労で意識を手放したのだ。

途中でキャリアや娼館の女性が来たことにも気づかず、夢中で行為に耽《ふけ》ってしまった。

ミレイナが意識を手放し、俺はキャリアから慌てて避妊薬をもらって眠るミレイナに口移しで薬を呑ませた。

「イリアス、すみませんでした」

アーノルドは眠るミレイナの横顔を見ながら切なげに目を細める。

「いい。ミレイナが自分で納得してやったことだ。俺に謝る必要はない」

俺はアーノルドの謝罪に首を振った。今回は緊急事態で仕方なかった。

「しかし……」

俺が不問にすると言えばアーノルドは納得いかない顔で詰める。

「ミレイナも俺もお前を助けるためにしたことだ」

助けるためだと言うと、なぜかじとりと睨《にら》まれる。

「……そのわりには途中から楽しんでいませんでしたか？」

ミレイナの前髪を整えて額にキスを落とす。

「可愛すぎるこいつが悪い」

チュッとリップ音をさせてから離れた。

「イリアスの態度が変わりすぎてつけ入る隙がありませんね」

「誰にも渡すわけないだろう」

睨《にら》み返す俺にアーノルドはくすりと笑い、二人でしばし昔話に花を咲かせて楽しんだ。

エピローグ　それぞれの結末。

ソルとの一件があった数日後、事態は大きく動いた。

イリアスは事件があった宿をまるごと買い上げ、その晩起きたことを全て秘匿させた。

アーノルドは大量の媚薬を飲まされたため、一度王家お抱えの医者に診てもらいしばらく療養することになったらしい。

それから私を襲った賊が簡単に口を割ったために、ティアラの悪事が呆気なくバレた。

また彼女は国のお金を勝手に使っていた。国のお金は民の税だ。勝手に使うことは王族であっても罪に問われる。彼女が使ったであろう大金と賊が持っていた額が一致したことでティアラが犯人だと判明したらしい。

調査がかなりぬるいなと思ったけれど、そこは黙っておく。

国境近くの宿をくまなく探し、ライラ夫人を捕縛した。ルージュから横領した大金を全て回収。ソルに懸想《けそう》していた夫人は彼にまんまと騙され、国外に一緒に逃げる資金を得るため、私に客をつけさせたとわかった。その計画を立てたのはやはりティアラだった。夫人に宛てた手紙も全部ティアラがソルに書かせていたらしい。

ティアラも捕縛されたが王家の威信の都合上内密に処理され、公には体の不調をきたし遠方で療養したのち、降嫁するということになった。

しかしその降嫁を知らせる発表はおそらくされないだろう。ティアラは残りの一生を遠く離れた離宮で監視の下、監禁生活を余儀なくされた。

結局ティアラ本人と会う機会はなく、彼女が私と同じ転生者だったのかは謎のままだ。だけど私は今回のことできっと彼女も転生者だったのだろうと勝手に思い込んでいる。

ソルはあれから憑き物が落ちたかのように牢屋で静かに反省の日々を過ごしていた。

ソルは当初ティアラが考えた私の殺害計画を強姦に襲わせるだけにとどめようとしたようだ。結局私に危害を加えようとした場をイリアスに見られ、終身刑を宣告された。

もう一生日の目を見ることは叶わないだろう。

しかしそれを本人に告げても納得したように頷《うなず》いていたらしい。ソルにとっては極刑の方がましだったかもしれない。それでも生きて償ってほしいということになったようだ。

ライラ夫人に関しては以前から娼館の金の横領を度々行っていたことがわかり、着の身着のまま国外追放となった。その後どこかの熟女専門の娼館に身を置いたとか。

そして私は目が覚めた時、すでに王室のいつもの部屋だった。隣には大好きなキャリアがいた。

イリアスの計らいによってキャリアがそのまま私のお世話係に任命されたようだ。毎日この部屋で共に過ごすことになったのだが……

「いつまで私はこの部屋から出られないのかしら」

ぷくりと頬を膨らませて窓の外を睨《にら》む。階下にはドレスに身を包んだ女性を侍らせるイリアスの姿が見える。

あの日からもう十日以上は過ぎたが、その間一度もこの部屋から出してもらえない。

世間ではもうイリアスとの婚約は本当に白紙になったのではないかと、最近イリアスに色目を使う女性が続出しているそうだ。

私が社交界から姿を消して数か月が経過している。

「お庭に出るのもダメって、ルージュにいた頃と変わりませんね」

「ほっんとうにそう！　どういうことよ!!」

真下でハーレム状態のイリアスに怒りの視線を投げつけるも、絶対にこちらに目を向けない。私がこの部屋にいてこうして彼を凝視していると気づいているはずなのに。

今すぐ部屋から飛び出して、あのコバエ達を追い払いたい。必死で耐えているのはまだイリアスに対して負い目を感じているからだ。

いくら治療の一環とはいえ、しっかり感じて気持ち良くなってしまったのは事実だ。だからこうしてイリアスの出した命令に従っているけれど、もうそろそろ我慢の限界である。

半ば無理やり視界からその光景を外すように踵《きびす》を返し、ソファに行儀悪く座ってキャリアが淹《い》れてくれたお茶を飲む。

あと一日は我慢する。また明日同じ光景を見せられたなら、今度こそ乗り込んでやるわ。

私が決意を固めたその日の夜。散々イリアスに可愛がってもらった後、ようやく部屋に閉じ込められていた理由を知った。

「今ルーティアス公爵と話し合いをしている。いつまでもこの部屋にミレイナを囲っているわけにはいかない。一度公爵家に帰すつもりだが、あの家にはアーレイがいる」

義兄《あに》の名前が出て私は顔が曇る。まだ全てが片付いたわけではなかった。肝心のアーレイの件がまだ残っている。


社交界の表舞台に戻るには一度公爵家に帰らないといけない。もう何も起こらないとは思うけれど、アーノルドから話を聞いたイリアスは心配で私を帰せないのだそう。

だけど私はもう一度アーレイと会って話がしたい。

「イリアス様。お願いがあります」

私は真剣な顔でイリアスを見る。

「最近のミレイナのお願いはあまり受けたくないものばっかりだ」

ふぅと呆れながらも優しく微笑んで、イリアスは私の要件を受け入れてくれた。

そうして次の日早々にアーレイと対面することになった。

二人きりは危険だと、レックスが外で控え、キャリアとイリアスが部屋の隅で待機することになった。

「あぁミレイナ。今日も君は美しい。さて日取りはいつにしようか？　僕としては早い方がいいと思うんだ」

「アーレイ」

アーレイは目を輝かせる。

「ウエディングドレスは公爵家の威信を見せつけるためにも派手にした方がいいと思わないかい？」

明るく話すアーレイを見て心が痛む。

「アーレイ！」

心が痛むけれど、アーレイの言葉を聞き入れられるわけがない。

「大々的にお披露目をしよう！　公爵家は将来安泰なのだと見せつけなくては」

「アーレイ義兄《にい》様！」

話を遮《さえぎ》り、兄の名前を強く呼ぶ。

アーレイは恍惚としていた顔を真顔に戻した。何も感情を映さない顔に怯みながらも私はゆっくりと話し出す。

「今までずっと家族として認めなかったこと、本当にごめんなさい。あの時フギノコなんて言って傷つけて本当にごめんなさい。義兄《にい》様に一生消えない傷を負わせてしまって本当に心から反省しているわ。だけどずっと本当の兄として思っていた。いつも堂々として公爵家のために働く義兄様《にい》を尊敬していたの」

私が語っている間、アーレイは下を向いてしまって顔が見えなかったが、私は気にしなかった。

「尊敬と同時に嫉妬もしていたわ。自分よりも優れた兄がお父様に認められ、私は何ひとつ満足にできない。だから余計にアーレイ義兄様《にい》には辛く当たったのだと思う。本当にごめんなさい」

私はアーレイに近づいていく。イリアスが後ろで動揺したけれど構わなかった。そっとアーレイの手を取る。

「アーレイ義兄様《にい》。私に求婚してくれてありがとう。義兄様《にい》がどれだけルーティアス家を思ってくれていたのか知って、とても感動したし嬉しかった。だけど義兄様《にい》はもう私達の大事な家族の一員なの」

家族という言葉を聞いたアーレイはゆっくりと顔をあげて私を見る。

その表情はどこか置いていかれるのを怖がる幼子のようで私の心は切なく痛む。

「大事な家族で大切な義兄様《にい》だから、本当に好きな人と幸せになってほしいの。血の繋がりなんか関係なくルーティアス家を一緒に盛り立てていきましょう!」

私の目に涙が溢れる。言葉にすると自分がいかにアーレイ義兄様《にい》を大事に思ってきたのかがわかる。

ティアラに義兄《あに》を馬鹿にされた時、もう後がないにもかかわらず容赦なくワインをぶちまけた。本当に許せなかったのだ。それだけアーレイ義兄様《にいさま》は私にとって大切な家族なのだ。

アーレイの目からも涙がこぼれ始める。アーレイは立ち上がり私を優しく抱きしめた。

長年すれ違い続けた溝は深く、すぐに埋めることはできないけれど、いつか本当の兄妹のようになれたらいいな。


「ミレイナ、僕のこと怒っていないのかい？」

「怒る？」

そろそろお開きの時間だ。アーレイは意を決したように話し出す。

「ミレイナは僕に消えない傷をつけたと言ったけれど、僕もミレイナに同じことをした」

アーレイが言っていることはおそらく娼館でのことだろう。あのことを思い出すたびに胸が苦しくなって考えないようにして過ごしていた。

「僕がしたことは絶対に許されない。そんな僕がルーティアス家を継ぐのは間違っている」

アーレイはそっと目を閉じて静かに言った。

「アーレイ義兄様《にいさま》！」

「ルーティアス家を一緒に盛り立てていこうって言ってくれてすごく嬉しかった。僕が君にしたこと、本当にすまない。ミレイナ、僕も君を可愛い妹だと思っているよ……イリアス殿下」

私の頭を優しく撫でたアーレイは立ち上がり、ずっと後ろで何も言わずに控えていたイリアスに向かっていきなり頭を下げた。

「どうかミレイナとルーティアス家をよろしくお願いします」

貴族然として綺麗な姿勢で頭を下げる姿は立派な次期公爵である。

「義兄様《にいさま》？　どういうこと？」

私はアーレイを追って立ち上がり、そばまで近づく。

「僕はルーティアス家を継ぐ資格はない」

私に優しく微笑みながらアーレイは言った。

「血筋のことですか⁉　関係ありませんわ！　ちっとも穢《けが》れてなんて……」

人差し指を口元に添えられて私は喋れなくなる。

「そのことはもう知っているよ。だけどこれは僕なりのケジメだ。僕はルーティアス家の爵位の継承権を放棄する」

晴れやかな顔でアーレイはそう宣言した。

説得しても頑として首を縦に振らず、結局彼の気持ちを変えることはできなかった。

そして彼は正式にルーティアス家の爵位継承を放棄した。

その数日後に、イリアスの臣籍降下が決まり、イリアスは正式に次期ルーティアス公爵となった。

当初アーレイが新しく領地を承る予定だったが、権利を放棄したため、代わりにイリアスが拝領することになった。

それはすなわちイリアスと私が婚姻を結ぶと約束し、それと同時に私の貴族社会への復帰を意味した。

アーレイは最初家を出ようとしていたが、私とイリアスの強い説得により、公爵と共にイリアスに領地経営を教えつつ、語学に堪能なことから城内で外交官を任されることになった。

年を経るにつれて亡き弟に似るアーレイは王からひどく気に入られ、いずれ国の重役を担う存在になるだろう。

レックスはイリアスの口添えで第一王子専属護衛に任命され、将来近衛騎士団団長を目指して邁進している。辺境の地に行くつもりでいたが、大役をイリアスが用意したことに感謝し、気持ちを新たにスタートを切った。

アーノルドはイリアスがルーティアス家に臣籍降下したと同時に側近の任を解かれ、そのまま領地に帰り領地経営に勤しんでいるらしい。

アーノルドの才能を惜しんで宰相である彼の父を含む城の者達は今よりもいい条件を出してなんとかとどまらせようとしたが、彼は一生仕えるのはあの二人だと言ってあっさり城を後にした。


そして私は表舞台に復帰したものの、イリアスと婚姻後しばらく社交界に姿を現さなかった。

実はイリアスはまだレックスやアーノルド達に嫉妬していて、子を儲けるまでは公爵家から一切外出するなと言い渡されたからだ。

私自身イリアスのそばにいれさえすればそれで幸せなので、嬉々としてイリアスの隣にべったりと付き従っている。

婚姻後一年も経たずに赤ちゃんができ、結局生まれるまでまた軟禁状態になった。生まれてからは子育てで忙しくなり、そのまま私はすっかり社交界から姿を消した。

第二王子の婚約者はわがままで傲慢で性格が悪いという噂は遠い過去のものになり、今では愛妻家の夫と可愛い子供達に囲まれる幸せ者のミレイナ・ルーティアスとして暮らしている。

書き下ろし番外編

共にルーティアスへ

カタコトと馬車が静かに走っていた。

カーテンの隙間から日差しがさし始めたことでミレイナは目を覚ました。

そっと閉じていたカーテンを開けると、キラキラと光る広大な海が視界いっぱいに広がった。

「うわぁー！　なんて綺麗なの！」

ミレイナはうっとりと海を眺めながら、思わず感嘆の声を出した。

透き通ったエメラルドグリーンの海は前世、今世を含めても初めて見るほどの絶景だった。

「もう着く頃か？」

窓の外を見入っていたら、後ろから寝起きの低い声がかけられた。

「イリアス様、起こしてしまいましたか!?」

ミレイナが振り返ると、目元を擦るイリアスが視界に映った。

首元は緩められ、いつものキリッとした表情も鳴りをひそめ無防備だ。

ミレイナはグッと拳を握る。

そうしなければ、イリアスがかっこよすぎて叫んでしまいそうだから。

このまま直視するのは毒だと再び窓の方に視線を送ったら、スッと自分の顔ほどの大きな手が窓に添えられた。

「流石《さすが》国一番の観光街だな」

後ろから抱きしめられるほどの近距離に胸がドキドキしてきた。

そんなミレイナの心情をよそに、低く掠《かす》れた声がミレイナの耳元をくすぐる。

思わず声が漏れそうになって慌てて口を塞いだ。

「なんだ？　出発するまでたくさんしたのに、まだ満足してないのか⁇」

背後でクスリと笑われ、いたずらに耳を甘噛みされて腰が浮きそうになった。

数時間前の行為を鮮明に思い出し、頬が熱くなるのを感じて慌ててイリアスを押し退けた。

「もう‼　この日をどれだけ私が楽しみにしていたか知ってますでしょ⁉　離れてください‼」

「俺もこの日を楽しみにしていた。ようやくミレイナを娼館以外で堂々と可愛がれる」

そう言ってイリアスはミレイナとの距離を詰めるが、ミレイナは逆にイリアスを遠慮なく押し退けた。

「今日ばかりはそういうのはなしです！」

かなりの力を入れてイリアスを押し返したものの力では敵うはずもなく、びくともしない。

イリアスの手がミレイナのドレスの後ろのファスナーをゆっくり下ろしていく。

白い綺麗な肌が顕《あら》わになると、ミレイナの体には無数の痕が見える。

ミレイナはそれを視界に入れると瞬時に頬が熱くなり、数時間前の情事のことを思い出してしまった。

毎日と言っていいほどイリアスに抱かれるも、その行為は全く飽きがこずむしろ及ぶたびにもっともっとと欲深くなる。

このまままた流されてもいいかと思い始めた頃、風と共に潮の香りが鼻をくすぐった。

窓から見えた海が近くなり、もうすぐ港に着く。

「そういうのとはなんだ？」

わかっていてミレイナに言わせようとするのがなんとも腹だたしい。

今日ばかりは抱かれて足腰が立たなくなるのだけは絶対避けたい。

出発前に可愛がられたが、いつもよりは少なくしてもらったのだ。

だからここで始められるのだけは、本当に避けたい。

ミレイナがこの日をどれだけ楽しみにしていたか。

ルーティアス家に帰ってきてからも登城以外は基本外出許可は下りず、何度お父様にお願いしてもお前の外出についてはイリアス王子に任せているとしか言わない。

イリアスに直談判して護衛をつけると言い張っても、一人だと何をするかわからないだの。変な虫がつくだの。と難癖をつけて、お城かルーティアス家にほぼ軟禁状態だった。

ようやくイリアスの仕事が落ち着いたので数日の休暇を得て、国一番の観光街にやってきたのだ。

ジリジリと近寄ってくるイリアスに押し切られる寸前、ガチャっと扉が開いた。

「イリアス、外に声がダダ漏れです。着いたので降りてください」

そう言った声の主であるアーノルドは冷めた目を隠そうともせず、イリアスを見てからミレイナに視線を送った。

慌てたミレイナは力一杯イリアスを押し退け、少し乱れたドレスの裾を直すふりをしてアーノルドから顔を逸らす。

アーノルドとしたことはまだ記憶に新しく、顔を見るには少し抵抗があった。

そんなミレイナを見て、アーノルドはふぅと息を吐くと手を差し出した。

「嫌かもしれませんが、ミレイナお手をどうぞ」

ミレイナは一瞬躊躇《ちゅうちょ》したが、この間の一件は仕方ないことだったと割り切ってアーノルドの手に自分の手を乗せようとした寸前、イリアスの手に包まれた。

「俺がエスコートするから、お前は離宮の最終確認を頼む」

そう言ってイリアスはミレイナの手を握りながら馬車を降りると振り返り、ミレイナのエスコートをした。

「うわぁあ！」

イリアスの手を取りながらゆっくり馬車から降りたミレイナは、一面に広がる海を前に気まずさも忘れてその美しさに声を出した。

到着したのはミナモ海岸。レックスの父が治める領地だ。

「久しぶりに来たが、相変わらず海しかねえな」

イリアスを挟んでミレイナとは反対側に立つレックスが素っ気なく呟《つぶや》いた。

「海だけって言うが、ちゃんとしっかり街も栄えて治安もいいじゃないか」

イリアスは背後の賑わう街を見て嬉しそうに言った。

この国の王子であるイリアスにとって、民が幸せに暮らしている姿は兄や王と一緒に国を盛り上げようと頑張っているという証でもある。

ミレイナはそんな嬉しそうなイリアスの横顔を盗み見て、自分のことのように嬉しくなった。

「港も国で有数の大きさを誇り、最近では隣国はもちろん遠方の国とも自由に航路を結べるようになりましたからね」

アーノルドもミレイナの横に立った。

「アーレイは本当にすごい男だな」

あの事件以来、アーレイ義兄《にい》様は外交官として瞬く間にその手腕を発揮して、いくつも成果を上げた。まだそんなに月日が経っていないにもかかわらずだ。

「お褒めにあずかり光栄です。殿下」

賑わう街の中から、補佐官数人を連れたアーレイがこちらにやってくる。

相変わらず綺麗なお顔だ。

まだ少しだけ気まずいけれど、家族の活躍は純粋にすごく嬉しい。

「ミレイナも元気だったか？」

アーレイは躊躇《ためら》いがちにミレイナに声をかけてくる。その声音はどこまでも優しくてミレイナは切なくなった。

「はい義兄様《にいさま》。元気に過ごさせてもらってます」

「よかった。殿下のご迷惑にならないようにな」

ミレイナが返事を返した後、イリアスの方を向いたアーレイは深く腰を折って礼をした。

「私が申し上げることではないのですが、今後とも義妹をよろしくお願いします」

こんな関係になるなんて思ってもいなくて、ちょっとだけむず痒くなった。

アーレイはしばらくイリアスと貿易の話をしていたが、仕事がまだ残っているからといそいそとその場を後にした。

今回はお忍びのためイリアス、ミレイナとイリアスの側近のアーノルド、ミレイナをお世話する侍女と護衛のレックスの少人数でやってきた。

イリアスがアーレイと話している間ミレイナは侍女と砂浜まで行き、波打ち際で遊んでいた。

レックスは護衛のためミレイナ達から離れず見守り、アーノルドは先に離宮の方に向かった。

お昼を過ぎた頃、アーノルドが戻ってきた。

綺麗に整備された砂浜でお昼を食べようと言うことになり、布を敷いて楽しくご飯を食べたり、お昼から酔わない程度にお酒を嗜《たしな》んだ。

その後皆と別れ、イリアスとミレイナは観光街を二人きりで散策した。

「ミレイナと二人きりでこんなふうに外を歩けるとは思わなかった」

手を繋いでのんびり街を散策しながら、イリアスがボソリと呟《つぶや》いた。

「いろいろあったけど、これからもイリアス様の隣にいられたらって思っています」

ミレイナはそう言ってイリアスに笑顔を向けた。

辿り着いた広場の中央には大きな噴水があり、皆はそれぞれ思い思いの時間を過ごしていた。

イリアスはミレイナをエスコートして噴水の前まで来ると、ミレイナと向かい合った。

「やるべきことがようやく片付いた。今まで長かった」

イリアスはミレイナの両手を取り、ぎゅっと握りながら真剣な表情で話す。

ミレイナはただ頷《うなず》いてイリアスの次の言葉を待つ。待ちながらミレイナもまた温かくて大きなイリアスの手を握り返す。

心臓の音がトクトクと聞こえてくる気がした。

「もうこれ以上待つことはできない。君を俺だけのものにしたい」

自然とミレイナの涙が溢れ出してくる。

「俺と結婚してくれ」

最後の言葉を聞いた途端、ミレイナはイリアスに勢いよく抱きついた。

「イリアス様！」

抱きつかれたイリアスは吃驚《びっくり》したものの、ミレイナを難なく受け止めるときつく抱きしめた。

「一生おそばから離れません！　私の面倒を見られるのはイリアス様しかいませんわ！」

気を抜けばわんわんと子供のように泣きそうになるので、あえて強気に言ってみたもののイリアスがミレイナの頭を優しく撫でると涙が止まらなくなってしまった。

「私とルーティアス家をよろしくお願いします」

本当は城でもっと王や王太子と一緒に政《まつりごと》をしたいはずなのに、こうしてミレイナのためにルーティアス家に来てくれることが嬉しくて仕方なかった。

イリアスはミレイナの手を自分の口元に持っていき、指先に軽くキスを落とした。

イリアスらしくないロマンチックな行為に、ドキドキしつつも笑顔が漏れた。

どこかから拍手が聞こえたので周囲を見ると、そこにはいつのまにか広場にいた人達が集まり、二人を祝福してくれた。

「イリアス殿下！　おめでとうございます！　ミレイナ様！　おめでとうございます！」

うわぁー！　と歓声や祝福の声があがる。

お忍びで来ていたはずだったのだが、堂々と広場でプロポーズすればバレるのは当たり前だ。

イリアスはミレイナとの仲の良さを民に広めるために、あえて目立つ場所で求婚したのだろう。ミレイナの噂や不仲説を払拭するために。

嬉し涙を流してイリアスに寄り添うミレイナを見れば、それらは少し払拭できるだろう。

二人のことを聞きつけた民がどんどんと集まりかけた頃合いで、ミレイナ達はその場を後にした。


夕焼け空が広がると、エメラルドグリーンの海はオレンジ色に染まる。

王家所有の離宮は、何代か前の王があまりにも美しい水面に惚れ、海岸沿いに離宮を建てたことに始まる。

今はレックス家が管理をしているが、夏の保養地として王族がよく訪れる場所だ。

大きな窓から海を眺めながら食事を取る。

こうして皆で集まって食事をするのは幼い頃以来で、それを懐かしみながら有意義な時間を過ごした。

ミレイナは先に退席すると侍女に隅々まで磨き上げられた。それが終わる頃にはすっかり夜も更けていた。

寝室の扉を開ければ、すでにイリアスがベッドに腰掛けながらお酒を嗜《たしな》んでいた。

「イリアス様」

ミレイナもイリアスの隣に腰掛け、彼の肩に頭を預けた。

イリアスは持っていたグラスをサイドテーブルに置くと、ミレイナにキスを落とす。

二人はゆっくりベッドに沈み込んでいく。

ボタンを外した首元から鎖骨が見えて、男の人なのに色っぽい。

ミレイナは何回も行為をしてるのに、毎回イリアスにドキドキさせられてしまう。

何度してもイリアスの色気のある表情には慣れない。

ミレイナのおでこから瞼、鼻、頬とキスが落ちてきて唇が重なる。

最初は優しいキス。

そしてだんだんと舌が絡まっていく。

イリアスの左手はミレイナの腰を上下に優しく撫でる。

右手は乳房へ。

円を描くようにくるくると周りを撫でられ、ゾクゾクしてくる。

腰からきた左手に胸を軽く掴まれ、やわやわと優しく揉みしだかれた。

先端をわざと避けるかのように、なかなかそこを触ってくれないイリアスにミレイナは焦れた。

「イリアス様」

イリアスの腕に縋《すが》り付き、目線でイリアスに訴える。

「今日はじっくり時間をかけて可愛がりたい」

イリアスは一度愛撫を止めてそう言うと、再びミレイナのおでこにキスをして頭を撫でた。

「ここまでくるのにいろんなことがあったんだ。今は喜びを噛みしめたい」

イリアスが優しく微笑むから、ミレイナも釣られて微笑み返す。

そうしてイリアスは言葉通り、丹念に時間をかけてミレイナを可愛がった。

それはもうミレイナがイリアスに懇願するほどに。

焦れ焦れの行為に顔を真っ赤にさせて「イリアス様！　お願いです！　入れてください！」と叫ぶミレイナに、イリアスにも我慢の限界がきて一気にミレイナを貫き、その後は何度も何度もミレイナの中に精を吐き出した。

ミレイナが疲れ果てて気を失う頃にはすっかり朝になっていた。

イリアスは寝ているミレイナをタオルで拭きあげると隣に横になる。

スヤスヤと眠るミレイナに少しあどけなさを感じた。

「ミレイナ愛している。もう一生離さない」

そう呟《つぶや》いてイリアスもようやく眠りについた。


それから数日間、ミナモ海岸の周りを観光したり離宮でのんびりと過ごしたりと、久しぶりの休暇を楽しんだ。

休暇が終わり、王宮に戻るためイリアスと共に馬車に乗り込み、遠くなっていく海を眺めていると窓を叩く音がした。

馬車が止まると、アーノルドとレックスがイリアスに声をかけてきた。

「それでは殿下これから私達は王宮に帰ります。これからのご活躍を期待しております。ではまた式の時に。お元気で。……ミレイナも幸せに」

「じゃあまたな。……ミレイナも」

突然の二人の別れの挨拶に驚くミレイナだったが、イリアスは知っていたのだろう。

ああと一言だけ言うと手を振る。そして窓が閉まるとすぐに馬車が動き始めた。

「イリアス様!?　どういうことですか？　王宮に帰らないのですか？」

訳がわからず、ミレイナはイリアスに問いかける。

「これからルーティアス領に向かう。そこで式を挙げる予定だ」

「ええ!?」

驚いたミレイナをよそにイリアスはにっこりと微笑んで言った。

「さあ一緒に家に帰ろう」

聞きたいことは山ほどあったが、ミレイナは何も言えず笑い返すだけだった。

こうしてミレイナはイリアスと共に、この先の生涯を公爵家で過ごしたのだった。

★ ノーチェ文庫 ★

君の愛だけが欲しい

身代わりの花嫁は傷あり冷酷騎士に執愛される

砂城《すなぎ》

イラスト：めろ見沢

定価：770円（10% 税込）

わがままな姉に代わり、辺境の騎士ユーグに嫁いだリリアン。彼はリリアンを追い返しはしないものの、気に入らないようで「俺の愛を求めないでほしい」と言われてしまう。それでも、これまで虐げられていたリリアンは、自分を家に受け入れてくれたユーグに尽くそうと奮闘して!?

★ ノーチェ文庫 ★

まさかの溺愛!?

魔女に呪われた私に、王子殿下の夜伽は務まりません！

紺《こん》乃《の》 藍《あい》

イラスト：めろ見沢

定価：704円（10%税込）

リリアは親友カティエを庇って魔女に呪われ、婚約を解消せざるを得ない事態となる。加えて新たな婚約者候補となったカティエが、リリアと共に王城に行きたいと駄々をこねたため、侍女として同行することに。婚約解消の理由を知らない第二王子エドアルドだが……

本書は、2022年4月当社より単行本として刊行されたものに書き下ろしを加えて文庫化したものです。


この作品に対する皆様のご意見・ご感想をお待ちしております。

おハガキ・お手紙は以下の宛先にお送りください。

【宛先】

〒150-6019 東京都渋谷区恵比寿4-20-3 恵比寿ｶﾞｰﾃﾞﾝﾌﾟﾚｲｽﾀﾜｰ 19F
（株）アルファポリス　書籍感想係

メールフォームでのご意見・ご感想は右のＱＲコードから、
あるいは以下のワードで検索をかけてください。

アルファポリス　書籍の感想　検索

ご感想はこちらから

Noche BUNKO

転生《てんせい》した悪役令嬢《あくやくれいじょう》は王子達《おうじたち》から毎日求愛《まいにちきゅうあい》されてます！

平山美久《ひらやまみく》

2024年12月31日初版発行

文庫編集ー斧木悠子・森 順子
編集長ー倉持真理
発行者ー梶本雄介
発行所ー株式会社アルファポリス
〒150-6019 東京都渋谷区恵比寿4-20-3 恵比寿ｶﾞｰﾃﾞﾝﾌﾟﾚｲｽﾀﾜｰ19F
TEL 03-6277-1601（営業）　03-6277-1602（編集）
URL https://www.alphapolis.co.jp/
発売元ー株式会社星雲社（共同出版社・流通責任出版社）
〒112-0005 東京都文京区水道1-3-30
TEL 03-3868-3275
装丁イラストー史歩
装丁デザインーAFTERGLOW
（レーベルフォーマットデザインー團 夢見（imagejack））
印刷ー中央精版印刷株式会社

価格はカバーに表示されてあります。

落丁乱丁の場合はアルファポリスまでご連絡ください。

送料は小社負担でお取り替えします。


ISBN978-4-434-35026-9 C0193